이진

인천에서 국어 교사의 딸로 태어나 책 읽는 어른을 보며
자랐다. 청소년기 동네 도서 대여점에서 엄마가 권해 주는
세계문학 문고본을 하나하나 읽어 나가며 본격 독서인이
되었다. 대학에서는 인류학을 전공했지만, 전공은 딱
필수 학점만 이수하고 여러 과에서 개설한 교양 과목을
두루 들으며 다녔다. 각 수업에서 소개하는 책들을 찾아보려
도서관을 드나들다가 책 만드는 일을 해 보면 좋겠다는
생각을 했다. 졸업 직후에는 공기업에 들어갔으나 1년 만에
퇴사하고 출판사로 옮겼다. 첫 회사에서 6년, 두 번째
회사에서 7년째 인문교양책을 만들고 있다. 15년 넘게
일했지만 여전히 2쇄 찍기가 쉽지 않다. 출판의 매력은
협업이라고 생각한다. 변호사 김원영과 소설가 김초엽이
함께 쓴 『사이보그가 되다』, 김원영의 『실격당한 자들을 위한
변론』, 사회학자 노명우의 『인생극장』, 독서 교육 전문가
김소영의 『어린이라는 세계』 등을 기획·편집했다.

인문교양책 만드는 법

인문교양책 만드는 법

세계와 삶을 공부하는 유연한
협력자로 일하기 위하여

이진 지음

유유

할 수 있는 일부터 해 보자

2005년 1월 3일부터 편집자 일을 시작했으니 어느덧 16년이 지났다. 2004년 12월 말까지는 한 공기업의 신입사원으로 일하다가 해가 바뀌며 출판사로 옮겨 왔다. 오랫동안 하고 싶었던 일이지만, 가족과 친구들의 우려 속에서 감행한 이직이었기에 마냥 설레지만은 않았던 기억이 난다. '하고 싶은 일'이라는 모호한 가치가 '고용이 보장된 직장'이라는 확실한 미래를 넘어설 만큼 대단한 것인지, 자신 있게 판단할 능력이 스물다섯의 내 안에 있었을 리 없다. 하고 싶었던 일이라고 해서 다 잘하게 되는 건 아니라는 것도 그때는 미처 생각할 겨를이 없었다. 미래고 뭐고 모르겠고, 일단은 이 일을 해 봐야 했다.

　특별히 애쓰지 않아도 주변의 기대나 예상에서 크게 벗어나는 법이 없던 내가 처음으로 이상한 열기에 사로잡혀 모두의 예상을 깨고 책 만드는 이들의 세계로 건너왔다. 이 문장을 쓰면서 그 열기가 아직 내게 남아 있는지 눈을 감고 한번 느껴 보았다. 다행히 내게는 여전히 이 일이 재미있고, 잘하고 싶고, 책이 잘 팔리면 신나고, 누군가 편집이 잘되었다고 말해 주면 기뻐 어쩔 줄 모르겠는 마음이 적당한 온도로 남아 있다. 정체를 알 수 없고 어떻게 써야 할지 모르던 열기가 많은 실패와 소소한 성공에 힘입어 적당히 따듯하거나 적당히 시원할 만큼 식었다. 지금의 이 온도가 나는 썩 마음에 든다.

　일에 대해 지나치게 이상적이거나 낭만적인 마음을 품지도 않고, 그렇다고 밥벌이에 무슨 특별한 의미가 있느냐며 냉소할 만큼 차갑지도 않은 상태, 내가 잘할 수 있는 일과 여전히 어려운 일을 어느 정도 파악하고 수용해 나 자신을 편집자로서 적절하게 운용할 수 있는 단계. 내 일을 돌아보기에 적절한 시점에 좋은 제안을 받았다.

나는 지금까지 두 곳의 출판사에서 일했다. 2005년부터 2010년까지 푸른숲에서 6년을 꽉 채워 일했고, 2014년 4월부터 지금까지 사계절출판사에서 7년 가까이 일하고 있다. 두 아이의 엄마가 되는 과정에서 3년 4개월을 쉬는 바람에 16년을 꽉 채운 경력이라고 하기에는 조금 찜찜한 구석이 있다. 그래도 쉬는 동안 외주 일을 몇 권 하기도 했으니 편집자의 정체성을 완전히 내려놓은 기간은 그리 길지 않다.

글을 시작하기에 앞서 지금껏 내가 만들었던 책의 제목을 죽 적어 보았다. 대략 60권 내외의 책을 만들었고, 대부분 인문사회과학 분야에 속한다. 자의반 타의반 소설, 에세이, 과학 등 다른 분야의 책도 한두 권씩은 해 보았다. 몇몇 책은 좋은 평가를 받았지만, 상당수는 2쇄를 찍지 못했고, 이미 절판 혹은 품절 상태인 책도 많다. 이 책에서 내 경험을 이야기하며 예로 드는 책 가운데 상당수는 아마 여러분이 한 번도 들어 보지 못한 책일 것이다. 이런 이야기를 굳이 하는 것은 이 책의 정체성을 분명히 하기 위해서이다. 이 책은 '잘 팔리는 인문교양책 만드는 법'을 말하지 않는다(좀 더 정확하게 표현하자면, 말하고 싶어도 말할 수 없다). 그렇다고 인문서의 가치라든가, 교양이란 무엇인가, 지식의 세계에서 편집자는 어떤 역할을 해야 하는가와 같은 근본적인 주제를 다루지도 않는다. 내가 만든 책이 간접적으로 그런 의미를 형성할 수는 있겠지만, 그런 큰 이야기를 다루기에는 내 고민이 아직 충분하지 않고 솔직히 지금 나에게는 한 권 한 권을 완성도 있게 만드는 일이 더 시급하고 중요한 문제이기 때문이다.

이 책은 제목 그대로 단순하게 '인문교양책 만드는 법'에 관한 내용을 말한다. 직장인이자 편집자인 한 사람이 16년 동안 출판계에서 일하며 익힌 기초적인 기술과 한 권 한 권 만들며 다듬어 온 생각을 적은 것이다. 깔끔하게 정리된 방법론을 제시한다기보다는 경험을 기록한다는 마음으로, 개별적인 경험이 공동의 지혜를 만들어 가는 데 기여할 수도 있지 않을까 하는 바람으로 쓴 글이다. '내가 이런 책을 쓸 자격이 있을까?'라는 고민이 없었던 것은 아니지만, 경험을 나누는 데 어떤 자격이 필요하지는 않다는 데 생각이 이르렀다. 자신이 일해 온 지난 시간을 홀대하지 말라는 유유출판사 대표님의 말씀이 큰 격려가 되었다.

내가 과거에 일했고 또 지금 일하고 있는 두 출판사는 모두 30명 내외의 규모에 꽤 안정적이고, 합리적인 의사소통이 가능하며, 어느 정도 실패를 용인해 줄 수 있는 상대적으로 괜찮은 회사다. 지금 내가 가장 걱정스러운 건 앞으로 이야기할 이런저런 경험이나 어리숙한 실패가 누군가에게는 시도조차 할 수 없는 일이지 않을까 하는 점이다.

어떤 시도든 나에게 그만큼의 여유와 재량이 주어졌을 때나 가능한 것이다. 나는 해 보았지만 여러분은 할 수 없는 어떤 일이 있다면, 그것이 꼭 여러분 탓은 아닐 것이다. 한 달에 한 권씩 내라고 하는 회사에서 만듦새가 좋은 책을 내기란 쉽지 않다. 인세나 제작비도 제때 지불하기 어려운 회사에서 추천사를 받고, 홍보 상품을 만들고, 강연회를 여는 것 역시 불가능한 일이다. 그 전부를 다 자신의 무능 탓으로 돌리지 말고 일단은 할 수 있는 일부터 해 보겠다는 마음, 나는 그것이 뒤에 나올 모든 이야기보다 더 중요하다고 생각한다. 이 일을 좋아하며 오래 하기 위해 필요한 건 한두 권의 베스트셀러나 유명 저자와 한 작업이 아니라, 스스로 고민하고 결정하고 시도한 자잘한 경험이다. "내가 예전에 이렇게 해 봤는데……"라며 말할 수 있는 나만의 이야기가 많아질수록 일이 즐거워지고 자신감도 생긴다. 혼자 결정하고 추진해 볼 기회가 온다면, 겁나겠지만 무조건 하고 보는 게 좋다.

자, 그렇다면 이제부터 내가 예전에 해 봤던 자잘한 이야기를 시작하겠다.

Ⅰ

소심한 편집자가 기획하는 방법

{ 1 }
저자는 가까이에 있다

출판 기획의 정석이라면 아마 각종 매체에 실리는 글을 잘 살펴보고 있다가 괜찮은 필자를 발견해 집필을 제안하거나, 자신이 맡고 있는 분야의 주요 필자의 관심사나 연구 성과를 파악해 그것을 단행본의 형태로 끌어내는 방식일 것이다. 혹은 편집자가 먼저 주제를 정하고 그것을 가장 잘 써 줄 필자를 찾아내는 방법도 있다. 내가 작업했던 책 가운데 여기 들어맞는 경우가 얼마나 되는지 한번 세어 보았다. 나 스스로도 깜짝 놀랄 만큼 몇 권 되지 않았다(부끄러우니까 구체적인 숫자는 말하지 않겠다).

경력 초기 몇 년간은 다른 누군가가 계약해 놓은 책

이나 그 회사에서 이미 책을 낸 저자의 후속작 혹은 에이전시에서 소개받은 번역서를 주로 작업했다. 내 의지가 조금 들어간 경우라면 투고 원고 중에서 어느 하나를 골라 진행하거나, 스스로 외서를 찾아 계약을 하고 적절한 번역가에게 맡기는 정도가 다였다. 시간이 꽤 많이 흐른 지금도 사정은 별로 나아지지 않았다. 예전보다는 훨씬 더 주도적으로 일하고 있지만, 여전히 나는 1년에 새 계약을 몇 권 하지 못하고 그나마도 기획의 정석과는 거리가 먼 방식으로 출간 목록을 만들어 가고 있다.

부지런히 다양한 글을 찾아 읽고 많은 사람을 만나는 적극성이 부족해서이기도 하지만, 무엇보다 쉽사리 확신하지 못하고 걱정 많은 성격이 큰 걸림돌이 된다. 누군가의 글이 굉장히 마음에 들었어도 이미 다른 회사랑 계약하지 않았을까(그래 그럴 거야), 이렇게 어설프게 제안하면 바로 거절당하지 않을까(그러니까 기획을 좀 더 벼려 보자), 이 저자는 이미 저 편집자와 수년간 책을 잘 내 왔는데 내가 새삼스럽게 뭘 제안해도 될까(두 사람의 아름다운 관계를 지켜 주자), 저렇게 인기 있는 저자는 이미 10년 치 계약이 다 되어 있을 거야(난 그의 독자로 만족해) 하면서 지레 포기하기 일쑤다. 조금 더 나아가 그의 다른 글을 여럿 찾아 읽어 보고 집필 제안서까지 써 놓았다가도 어떤 부끄러움을 끝내 내려놓지 못해 보내지 않은 경우도 꽤 있다.

언젠가 한번은 이런 나 자신이 너무 답답해 내가 기획한 책의 면면을 죽 살펴본 적이 있다. 그러면서 한 가지 발견한 건 내가 생판 모르는 누군가에게 메일을 보내 당신과 책을 내고 싶으니 한번 만나 달라고 말하기 시작한 건 극히 최근의 일이고, 대부분은 어떤 식으로든 연이 닿아 있던 사람에게 살며시 제안을 꺼내 조금씩 다듬어 가는 식이었다는 것이다. 출간 행사를 통해 알게 된 사람이라든가, 추천사를 의뢰했던 필자라든가, 학교 선배나 친구 등 '아는 사람'을 놓고 그가 무엇을 쓰면 좋을지를 고민해 구체화하는 방식이 많았다. 그렇게 해야 내가 좀 덜 부끄럽고, 덜 두렵고, 덜 어렵게 나아갈 수 있었던 것 같다. 그 가운데 나에게 가장 의미 있었던 사례 하나를 이야기해 보려 한다.

사계절출판사에 들어와 처음 작업한 책은 『사전, 시대를 엮다』라는 번역서였다. 일본 사전의 역사를 다룬 책이었는데, 출간 행사로 소규모 좌담을 준비했다. 한국과 일본의 전통적인 사전에 대해 말할 수 있는 두 교수님과 함께 오늘날의 사전에 대해 이야기할 사람으로 당시 다음카카오에서 사전 서비스를 담당하고 있던 정철 씨를 모셨다. 좌담은 흥행에 실패했지만, 그날 뒤풀이 자리에서 이런저런 이야기를 나누다가 정철 씨에게 호기심이 생겼다. 그는 포털사이트 네이버와 다음에서 한국 웹사전의 초석을 놓은 우리나라 최초의 웹사전 기획자이자, 자신이 정보기술IT 기업에 속해 있기는 하지만 종이사전의 오랜 전통 속에서 일하고 있다고 말하는 자칭 '사전 편찬자'이기도 했다. 여기까지만 해도 꽤 솔깃했는데, 글쎄 집에 1만 장이나 되는 엘피LP음반을 소유하고 있다는 믿을 수 없는 말을 했다. 이 사람 뭐지? 그가 하는 일을 정확히 알지 못했고, 글을 좀 쓰는 사람인지도 확실치 않았지만 뭐라도 한번 해 봐야겠다는 생각이 들었다. 단행본 기획에서 중요하게 보는 것 중 하나가 그동안 한 번도 말해지지 않은 이야기 혹은 이 사람밖에 쓸 수 없는 주제라면 한번 해 볼 만한 가치가 있다는 것이다. 대한민국에 프로야구 감독이라는 직업을 가진 사람이 딱 10명뿐인 것처럼, 웹사전 기획자라면 한 손에 꼽을 정도일 테고 심지어 그는 웹사전을 '기획'한다는 개념을 처음으로 도입한 사람이니 당연히 해 볼 만한 일이었다.

좌담 이후로 그에게 종종 연락을 해서 뭐라도 좀 써 보자는 이야기를 꾸준히 했다. 어떤 주제가 앞에 있었던 것이 아니라 궁금한 사람이 먼저 있었고, 그가 지닌 여러 재미난 지점 가운데 무엇이 책이 될 만할지 찾아 나가기 시작했다. 그가 오랫동안 웹 공간 여기저기에 써둔 글을 찾아 읽고, 석사논문도 받아 읽고, 어린 시절의 취미나 즐겨 읽던 책, 좋아하는 음악 장르에 이르기까지 그에 관해 속속들이 알게 된 끝에 '사전'을 키워드로 잡았다. 그가 자기 일을 '사전 편찬'이라 이해하고 있기도 했고, 그가 일하는 포털사이트의 검색 기능도 결국엔 지식을 편집해 찾아보기 쉬운 형태로 묶어 둔다는 사전의 개념에서 출발한 것이기 때문이다. 우리는 종이사전의 기능이 웹 검색으로 대체된 거시적인 변화를 한 축으로 삼고, 우표나 지우개 따위를 모으고 백과사전을 탐독하던 소년이 엘피음반을 모으고 음악 데이터베이스를 고민하다 결국 어휘를 수집하는 웹사전 기획자가 되기까지를 다른 한 축으로 삼아 책을 만들어 보기로 했다. 사전이 시대의 변화에 따라 모습을 바꿔 가는 여정과 저자의 개인 서사가 만나는 지점에서 이야기를 풀어 가는 구성이었다. 자기 경험에서 출발한 글쓰기가 가장 수월하다는 저자의 특성을 반영한 것이기도 했다. 그렇게 해서 나온 책이 『검색, 사전을 삼키다』였다.

이 책은 판매량 면에서는 손익분기를 조금 웃도는

수준이었지만, 출간 당시 언론의 큰 주목을 받았고, 세종도서에 선정되고 한국출판문화상 교양 부문 본심까지 오르는 등 평가 면에서 나름대로 선전을 했다. 이 작은 성공은 저자와 내가 다음 책을 도모할 수 있는 지지대가 되었다. 어느새 우리는 서로 깊이 신뢰하게 되었고, 같이 일하는 게 꽤 편안하고 즐겁다는 것을 알게 되었다.

우리의 다음 책은 웹사전 기획자가 자신의 선배인 종이사전 편찬자들을 찾아가 인터뷰한 『최후의 사전 편찬자들』이었다. 웹사전 콘텐츠가 종이사전에 기반을 두고 있는 만큼 그는 종이사전 편찬자에게 경의의 마음을 품고 있었고, 종이사전의 몰락과 함께 그들이 오랜 시간 갈고닦은 사전 편찬 기술이 쓰일 데가 없어진 현실을 안타까워했다. 그런 마음으로 한국어사전, 외국어사전, 백과사전 등을 만들어 온 다섯 명의 사전 편찬자를 만나 대화를 나누었다. 거기에 웹사전 편찬자인 자신의 의견과 입장을 덧붙여 원고를 완성했다. 그사이 나는 사장님을 따라 몇 번 참석했던 동아시아출판인회의에서 알게 된 일본 헤이본샤의 원로 사전 편찬자 류사와 다케시 선생님께 서면 인터뷰를 제안해 책 뒤에 실을 부록을 마련했다.

첫 책을 재미있는 거 한번 해 보자는 느낌으로 만들었다면, 이번에는 그동안 홀대받았던 귀중한 목소리를 깊이 있고 정확한 정보와 함께 내놓아야 한다는 생각에 꽤 공을 들였던 기억이 난다. 사전의 항목 하나하나가 어떤 노력을 통해 만들어지는지, 그것을 분류하고 정리하는 데 어떤 지적 기술이 들어가는지 배우기도 많이 배웠다. 그러나 이 책의 판매량도 기대에는 크게 미치지 못했다. 이미 4년이나 지난 일이지만 그 생각을 하면 지금도 속이 쓰리다. 작업 자체는 매 순간 흥미진진했고, 내가 편집자로서 부쩍 성장하는 느낌도 들었지만 그것이 독자에게 전해지지 못했다면 잘된 작업이라고 보기 어렵다. 저자와 나의 신뢰는 한층 두터워졌음에도 우리에게는 어느새 '이 따위 취향이라니 이번 생은 망했어, 우린 안되나 봐' 같은 공기가 감돌기 시작했다. 첫 책과 두 번째 책이 모두 고만고만한 성적을 거둔 터라 다음 책의 가능성이 흐릿해졌다. 다행히 우리가 다음으로 잡은 주제는 모두가 알 만한 위키백과(위키피디아)였고, 그 인지도 덕에 회사에서 한 번 더 해 봐도 좋다는 허락을 얻어 냈다.

이번 책은 그의 단독 저서가 아니라, 그를 포함한 세 사람의 위키백과 열혈 이용자가 함께 쓰기로 했다. 위키백과의 각 항목이 여러 참여자가 자유롭게 집필하고 검증하고 수정하는 방식으로 작성되는 것처럼, 세 사람은 각자 좀 더 잘 쓸 수 있는 부분을 나눠 맡아 자유롭게 썼고 나 역시 눈치 보지 않고 그 원고들을 배치하고 수정하며 책의 꼴을 만들었다. 위키백과가 만들어지는 방식을 책 집필에도 적용한 것이다. 그렇게 해서 위키백과의 탄생부터 정교한 운영 원리, 지식의 공유와 집단지성의 힘, 나아가 위키백과 항목을 직접 작성할 수 있는 편집 매뉴얼까지, 위키백과에 관한 거의 모든 것을 담은 책 『위키백과, 우리 모두의 백과사전』을 완성했다. 지금쯤이면 여러분도 예상할 수 있듯이 이 책 역시 별다른 반향을 불러일으키지 못했다. 위키백과를 본격적으로 다룬 국내 최초의 단행본이었기 때문에 기사는 많이 받았지만 역시나 판매가 뒤따라 주지 않았다. 우리의 다음 작업은 기약 없이 뒤로 미루어졌다.

　나는 지금 어떤 성공담을 이야기하는 것이 아니다. 그렇다고 앞서 말한 모든 것이 다 실패의 기록인 것도 아니다. 아무에게나 적극적으로 집필 제안을 하지 못하는 편집자가 우연히 만난 한 사람에게 호기심을 품고, 그의 가능성을 하나하나 꺼내 세 권의 책을 만들어 본 경험을 적은 것이다. 적극성이나 대범함이 좀 부족한 편집자라면 자신이 덜 부담스럽게 접근할 수 있는, 가서 말 한번 붙여 볼 거리에 있는 사람에게 가벼운 제안을 해 보는 것부터 시작해도 좋을 것 같다.

이 세 권의 책이 나에게 어떤 명예나 금전적인 보상을 가져다준 것은 아니지만, 몇 년에 걸친 이 작업을 통해 나는 '아, 이렇게 하면 뭔가 만들어지는구나' 하는 감각 같은 걸 익혔다. 이제 내 힘으로 내가 구상하는 것을 구현해 나갈 수 있겠다는 자신감도 생겼다. 그리고 일에서든 삶에서든 잘 풀리지 않는 문제를 맞닥뜨렸을 때 언제든 조언을 구할 수 있는 좋은 친구도 하나 얻었다(이제 회사 매출에 기여만 하면 된다). 이런 눈에 보이지 않는 작은 소득이 하나둘 모여 나를 좀 더 능숙한 편집자로 만들어 줄 거라 믿는다.

나는 여전히 신문이나 잡지를 읽다 발견한 생면부지의 필자보다는 옷깃이라도 스쳐 본 사람에게 연락을 하는 편이다. 연구자로서 학업을 이어 가는 학교 선배, 변호사 일을 하는 친구, 과거의 직장 동료, 언젠가 이메일이라도 한 번 주고받은 사람에게 "뭐라도 한번 써 보시죠"라며 슬쩍 말을 건다. 뚜렷한 주제의식이나 완벽한 집필 제안서가 있다면 더 좋겠지만, 꼭 그렇지 않더라도 기획을 시작할 수 있다는 얘기다. 그래서 가능하면

매 순간 성의를 다하려 하고, 좀 더 믿을 만한 사람이 되기 위해 노력한다. 내가 주변의 누군가에게 손을 내밀었을 때 그 사람이 선뜻 그 손을 잡을 수 있어야 하기 때문이다.

책은 책을 낳고

하나의 작업이 자연스럽게 다음 작업으로 이어진다면 그보다 더 반가운 일도 없다. 호흡이 잘 맞았던 저자가 다음 책도 같이 하자고 선뜻 제안하거나, 반대로 편집자의 이어지는 제안에 저자가 흔쾌히 응하거나, 함께 일했던 번역가가 양질의 외서를 찾아 소개하거나……. 이는 아마 편집자가 가장 고대하는 기획의 순간일 테고, 저자나 번역가가 무한히 새로 등장하지 않는 한 이런 방식으로 기획되는 책이 상당할 것이다. 이에 대해서는 어떤 긴 이야기를 하기 어렵다. 한 권의 책을 만들어 가는 동안 저자(번역가)와 편집자 양쪽 모두가 만족할 수 있도록 결과물에도, 서로 주고받는 감정에도 최선을 다하자는 말밖에는(편집의 각 단계에서 최선을 다하는 방법에 대해서는 2장에서 이야기할 것이다). 작업 과정에서 나누는 많은 대화 속에 다음 책에 대한 아이디어나 기대를 넌지시 내보인다면, 다음을 기약할 가능성이 조금 더 높아지긴 할 것이다.

이 글에서는 한 저자나 번역가의 후속작 개념이 아니라, 어떤 책의 작업 과정에서 우연히 맺게 된 인연이 생각지도 못한 책을 낳고, 그 두 책이 하나의 의미를 이루어 또 다른 책을 낳은 사례를 이야기하려 한다. 우연에 가까운 일을 기획 방법이라며 꺼내 놓아도 될지 고민이 되기도 하지만, 일하는 가운데 여러 '곁가지'에 늘 마음을 열어 둔다면 때로 뜻밖의 기회가, 과분한 행운이, 흥미진진한 모험이 찾아오기도 한다는 것을 한번 이야기해 보고 싶다. 이 글을 굳이 한 꼭지로 잡아 쓰는 건 '기획이란 이렇게 하는 것이다'라며 각 잡고 접근하지 않아도 일하는 과정에서 예상치 못했던 기회가 찾아오기도 하니 너무 초초해하지 말자는 얘기를 하고 싶기 때문이다. 그 초조 때문에 오랜 시간 괴로워한 한 사람으로서 말하자면, 지금 맡은 책 한 권을 성실히 잘 마무리하는 것만으로도 여러분은 이미 미래의 기획을 하고 있는 것일 수 있다.

노명우 교수님의 『인생극장』은 사회학자 아들이 세상을 떠난 부모의 자서전을 대신 쓴다는 아이디어를 구현한 책이다. 1924년생 아버지와 1936년생 어머니의 일생을 복원하는 작업을 통해 그 세대가 남긴 유산, 즉 흔히 한국적이라고 이야기되는 가치관과 통념, 정서를 이해해 보려는 노력을 담았다. 노명우 교수님의 부모님은 낡은 앨범 속 사진 몇 장을 제외하고는 스스로 별다른 기록을 남기지 않은 지극히 평범한 분들이었다. 이렇게 흔적도 없이 사라진 보통 사람의 인생은 무엇으로 복원할 수 있을까? 이런 문제의식을 품은 사회학자 아들이 부모의 인생으로 들어가는 통로로 삼은 것은 1920~1970년대 한국 대중영화였다. 한때 영화는 글을 읽지도 쓰지도 않는 보통의 존재가 당대를 해석하고, 그에 반응하는 가장 대표적인 방식이었기 때문이다.

자연히 이 책에는 1970년대까지의 한국 대중영화 포스터와 스틸컷을 비롯해 한국 현대사의 다양한 풍경을 보여 주는 많은 사진 자료가 쓰였다. 저마다 출처가 다른 도판 245장은 편집자를 아찔하게 하기에 충분했다. 아, 이것이 바로 저작권 지옥이로구나! 영화는 이 책의 중심축이기 때문에 함부로 뺄 수도 없었고, 수십 편의 옛 영화를 보고 또 보며 원고를 썼을 저자를 생각하면 빼고 싶지도 않았다. 하나씩 벽돌을 깨듯 해결해 나가는 수밖에 없었다. 도판 각각의 내용과 출처, 저작권자의 이름과 연락처, 비용, 사용 가능 여부 등을 엑셀 파일로 정리해 해결할 때마다 한 줄씩 색을 채워 나갔다.

영화 쪽은 대부분 한국영상자료원의 도움을 받았다. 영상자료원에서 직접 소장하고 있는 자료는 비교적 저렴한 비용에 이용할 수 있었고, 개인이 저작권을 가지고 있는 경우는 따로 연락처를 받았다. 하루에 몇 명씩 목표치를 정해 놓고 전화를 걸어 허락을 구하거나 비용을 지불했다. 어떤 가이드라인이 있는 게 아니다 보니 상대의 반응을 봐 가며 협상을 해야 했다. 그냥 쓰라며 대수롭지 않게 말하는 사람이 있는가 하면, 방송국에 영상을 제공할 때와 같은 수백만 원의 값을 부르는 분도 있었다. 어렵사리 대부분의 저작권을 해결하고, 이제 딱 한 사람이 남았다. 영상자료원도 소장하지 못한 희귀 포스터를 다수 소장하고 있다는 전설의 수집가 양해남 선생님이었다.

영상자료원 담당자는 내게 연락처를 넘겨주며 까다로운 분이니 말을 조심해서 하라는 충고를 해 주었다. 사실 내게는 영상자료원 담당자만 해도 이미 충분히 까다로운 분이었기 때문에 그가 까다롭다고 하면 도대체

어느 정도일지 가늠이 되지 않았다. 이 지난한 과정을 거치며 나름대로 정한 원칙이라면, 저작권이 기관이나 학교, 영화사 등에 속해 있어 개인의 생계와 별 관련이 없다면 비용을 최대한 낮추는 쪽으로 협상(이라기보다는 읍소)을 하고, 저작권자의 생계와 직접적인 관련이 있다면 함부로 깎지 말자는 것이었다. 양해남 선생님은 후자였던 데다가 말을 조심해야 한다는 충고까지 들은 터라 긴말을 하지 않고 제시하시는 금액 그대로 포스터 5장의 사용료를 지불했다. 다른 쪽에서 비용을 많이 아낀 터라 예산에 여유가 있기도 했다. 돈 문제가 없으니 당연히 까다로움을 겪을 일도 없었다.

그렇게 우여곡절 끝에 『인생극장』을 출간하고 얼마 지나지 않아 양해남 선생님께 연락이 왔다. 지난 30년 동안 수집한 2,400여 점의 한국 영화 포스터 가운데 영화사에서 중요한 의미를 지닌 작품 200여 점을 추리고 각각에 짧은 에세이를 덧붙여 책을 만들어 보고 싶다고 하셨다. 『인생극장』을 작업하며 한국 고전영화에 대해 약간의 지식을 얻긴 했지만 영화가 내 관심 분야도 아니었고, 게다가 수집가의 포스터 컬렉션이라니 과연 내가 할 수 있을지, 우리 팀 출간 목록에 어울릴지 감이 잡히지 않았다. 샘플 원고를 받아 보니 영화를 평생 사랑해 온 사람이 품은 천진한 열정과 진솔함이 담겨 있었다. 며칠 고민한 끝에 한번 해 보기로 했다. 가장 큰 이유는 단행본의 형태로 한 번도 이야기되지 않았던 주제인 데다가, 저자가 국내에서 유일본과 희귀본 포스터를 가장 많이 소장한 독보적인 수집가인 만큼 그만이 할 수 있는 이야기가 분명히 있을 것이라 믿었기 때문이다. 또 책이 출간될 즈음이면 한국 영화가 탄생 100주년을 맞는 시점이니 이 정도의 아카이브가 한 권 나온다면 의미도 있을 것 같았다. 이렇게 해서 만들게 된 책이 248점의 한국 영화 포스터를 담은 『영화의 얼굴』이다.

『영화의 얼굴』 작업을 통해 나는 한국 영화사의 흐름을 대강이나마 알게 되었고, 혀를 내두르게 하는 수집가의 집념과 광기 어린 소유욕도 간접적으로 경험할 수 있었다. 무엇보다 어느새 한국 영화를 소재로 한 책을 두 권이나 낸 편집자가 되었다. 여기서 끝이 아니었다. 『영화의 얼굴』 출간 직후 저자의 일간지 인터뷰가 잡혀 신문로의 한 카페에 들어섰는데, 저자와 기자가 막 인사를 나누던 참에 『인생극장』과 『영화의 얼굴』 두 권에 모두 추천사를 써 주신 명필름 심재명 대표님께 전화가 걸려 왔다. 휴대폰 액정에 뜬 이름을 보고 혹시 추천사에 무슨 문제가 있었나 순간 긴장을 했다. 전화를 받아 보니 뜻밖에도 여성영화인모임이 곧 창립 20주년을 맞는 데, 창립 다음 해에 냈던 『여성 영화인 사전』의 뒤를 이어 1990년대 이후 여성 영화인의 활약상을 담은 인터뷰집을 내고 싶다는 이야기였다.

테이블 한쪽에서는 1980년대까지의 영화 포스터를 소장한 수집가가 기자와 인터뷰를 하는 중이었고, 다른 한쪽에서는 1990년대 이후의 영화사를 다룬 또 한 권의 책이 막 시작되려는 참이었다. "회사에 들어가서 이야기 나눠 본 뒤에 연락드릴게요"라고 말하며 전화를 끊었지만, 내 마음은 이미 그 책으로 옮겨 가 있었다. 여성 창작자의 이야기라는데 안 할 이유가 없었다. 그렇게 영화처럼(!) 진행하게 된 책이 바로 『영화하는 여자들』이다. 연출, 조명, 촬영, 편집, 연기, 제작, 사운드, 미술, 마케팅 등 영화계의 각 분야에서 창작자이자 노동자로서 일하는 여성의 자부심과 애정, 분투를 담았다.

어찌 보면 한 편집자가 '날로 먹은' 기획 이야기인지도 모르겠다. 특별히 무슨 노력을 하지도 않았는데 기획이 척척 이루어지다니! 제안하는 이의 입장에서는 아마회사 이름이나 앞에 낸 몇 권의 책을 고려했을 것이다. 혹은 단순히 가장 손쉽게 연락해 볼 자리에 내가 있었을 수도 있다. 그렇다고 해서 이 과정에서 내가 한 일이 아무엇도 없다고 생각하지는 않는다. 협상도 하고, 제안도 하고, 전화도 걸고, 메일도 쓰고, 책도 만들며 나는 내 일을 했을 것이다.

자기 일을 하며 자리를 지키고 있는 것만으로도 시작되는 일이 있다. 누군가의 퇴사로 내게 좋은 원고가 오기도 하고, 우연히 작업한 몇 권의 책이 마치 내가 그 분야의 전문 편집자인 것처럼 보이게 해 뜻밖의 큰 기회를 가져다줄 수도 있다. 그런 일은 누구에게나 일어날 수 있지만 언제 일어날지는 아무도 모른다. 우리는 그저 한 권 한 권을 성실하게 만들며 자기 자리를 지킬 뿐이다. 원치 않는 원고라 하더라도, 까탈스럽기 이를 데 없는 저자라도, 다소 번거로운 작업이더라도 나름대로 수완을 발휘해 잘 마무리한다면, 그 과정에서 얻은 경험과 인맥과 평판이 분명 더 나은 다른 기회를 가져다줄 것이다. 책이 책을 낳는 영화 같은 일은 당연히 더 오래 일한 사람, 더 많은 책을 만들어 본 사람에게 일어날 가능성이 높다. 그러니 조금만 더 기다려 보자. 한 권만 더 만들어 보자. 우직함이 우리를 도울 날이 반드시 찾아올 것이다.

{ 3 }

저자와 편집자, 함께 성장하는 관계

매일같이 쏟아져 나오는 책에 둘러싸여 살다 보면 책 한 권이 새로 나오는 게 별로 대수롭지 않게 느껴질 때도 있다. 광화문 교보문고 한가운데 서서 주위를 둘러보면 내가 수개월간 밤낮없이 고민해 내놓은 책이 모래알처럼 아주 작게 느껴진다. 그러나 가까이 다가가 그 가운데 아무 거라도 하나 펼쳐 들면, 그 책이 누군가에게는 얼마나 소중하고 큰 의미일지, 다시없을 기회이거나 일생일대의 전환점일지 짐작이 되어 조금은 숙연한 마음이 된다. 심지어 그것이 저자의 첫 책이라면, 수줍게 글을 내미는 저자나 믿을 구석 하나 없이 달려드는 편집자나 꽤 비장한 마음이었을 것이다.

한 번도 책을 내 보지 않은 신인 저자의 책을 세상에 내놓아 좋은 평가를 받고, 그의 이름을 아는 사람이 나날이 늘어나는 것을 지켜보는 일만큼 편집자를 감격스럽게 하는 일도 없다. 만약 편집자 본인의 경력도 그리 길지 않은 경우라면, 저자와 함께 성장한다는 느낌도 들 것이다. 이런 구성이 적절한가? 이 제목이 최선일까? 이 카피는 책의 매력을 충분히 담고 있나? 어느 것 하나 확신하지 못한 채 서툰 결정을 이어 가까스로 만든 첫 책이 운 좋게 두 번째 책으로 이어진다면, 어느 정도 믿는 구석도 생기고 서로 주고받는 재미도 느끼며 작업을 할 수 있을 것이다. 또 한 번 운이 좋아 세 번째 책까지 하게 된다면, 익숙함이 주는 편안과 함께 '이젠 정말 잘해야겠다', '실망시키고 싶지 않다'는 긴장감이 스스로를 좀 더 다잡게 할 것이다. 책을 세 권 정도 함께 낸다면, 저자와 편집자는 이제 '일로 만난 사이'를 넘어 서로의 인생에 작게나마 의미를 갖게 된다. 책이 많이 팔렸으면 좋겠다는 마음에 그치는 게 아니라 그가 정말 잘되었으면, 그의 인생이 더 좋은 쪽으로 힘차게 흘러갔으면 하는 마음이 된다. 나에게는 『실격당한 자들을 위한 변론』을 쓴 김원영 변호사님이 그런 사람이다.

그를 처음 만난 건 푸른숲에 다니던 4년 차 편집자

시절이었다. 별다른 기대 없이 투고 메일을 하나씩 열어 보는데 "저는 서울대 로스쿨에 재학 중인 지체장애인입니다"라는 제목으로 도착한 메일이 있었다. '아, 이게 바로 텔레비전에서 자주 보던 장애 극복 수기인가?'라는 생각으로 원고를 읽기 시작했는데, 끝에 다다랐을 즈음에는 말로 표현하기 어려운 뜨거운 감정이 남았다. 그 안에는 내가 모른다는 것조차 몰랐던 한 세계가 펼쳐져 있었고, 그 한가운데 '나는 그저 내가 되고 싶다'라고 외치는 스물여덟의 청년이 활활 타오르듯 서(앉아?) 있었다.

열다섯 살이 되어서야 처음 학교에 들어간 지체장애인이 서울대학교에 진학하고 로스쿨까지 들어간 과정은 영락없는 '장애 극복 스토리'였지만, 그 성취에 도취해도 좋을 주인공이 "나는 단 한 번도 장애를 극복한 적이 없다. 나는 희망의 증거가 될 생각은 없다. 나는 야한 장애인, 뜨거운 인간이 되고자 한다!"라고 외치는 모습은 낯설기 짝이 없었다. 그는 오히려 자신의 성취에 거리를 두고, 그것을 가능하게 했던 사회의 변화를 충실하게 서술했다. 그 과정에서 죽거나 다치거나 자기 삶을 통째로 내놓은 많은 사람을 호명하며, 개인의 뛰어남이나 불굴의 의지로 포장하기 좋은 성취를 2000년대 이후 한국 사회라는 맥락 속에 놓았다. 자기가 선 자리를 분명히 아는 겸손하고 단단한 사람만이 쓸 수 있는 글이었다. 그를 만나기도 전에 나는 이미 그에게 마음을 빼앗겨 버렸다.

그렇게 우리는 첫 책을 시작했다. 워낙에 뛰어난 글이었고, 자신의 오랜 생각을 표현하고자 하는 저자의 의지도 활활 타올랐기 때문에 원고 작업 자체는 크게 어렵지 않았다. 하고 싶은 이야기가 분명했기에 콘셉트를 정리하고 카피를 쓰는 일도 순조로웠다. 문제는 제목이었다. 투고 당시의 제목 '나는 야한 장애인이고 싶다'는 너무 날것 그대로의 느낌이었고, 장애나 인권, 차별 같은 중요하지만 너무 넓고 일반적이라 오히려 눈에 띄지 않는 단어는 쓰고 싶지 않았다. 꽤 여러 날을 붙들고 있었고 제목회의도 수차례 했지만 '이거다!' 싶은 제목이 나오지 않았다. 결국 마지막에 완전히 다른 안을 내 보자는 생각으로 내민 '나는 차가운 희망보다 뜨거운 욕망이고 싶다'라는 긴 문장형의 제목이 채택되었다. 제안한 나에게도, 동의한 저자에게도 내심 '이게 최선일까'라는 질문이 남았지만 우리는 이미 지친 상태였고 대안이 없었다(다행히 이 책은 2019년 『희망 대신 욕망』이라는 새로운 제목으로 개정판이 출간되었다).

저자의 어머니도 끝내 외우지 못했다는 긴 제목에도 불구하고, 이 책은 출간 직후 언론의 주목을 받았고 이후 장애인권 분야에서 꾸준히 읽히는 책이 되었다. 하지만 나는 책이 나오면 세상이 발칵 뒤집힐 줄 알았기 때문에 그 정도 소소한 성공으로는 전혀 만족스럽지 않았다. 천사같이 착한, 타인에게 영감을 주는, 도전과 희망을 상징하는 존재로만 세상에 간신히 등장할 수 있었던 장애인이 이제 자신의 욕망을 그대로 드러내며 우리 앞에 나타났고, 이 책은 그것을 알리는 신호탄이 될 줄 알았다. 저자가 텔레비전에도 나오고, 장애인권에 관한 사회적 논의도 활발해지고, 책은 쇄를 거듭하고, 나는 베스트셀러 편집자가 될 줄 알았다. 아쉽게도 그런 요란한 일은 일어나지 않았고, 나는 책을 연출하고 알리는 내 능력이 부족함을 뼈저리게 느꼈다. 내가 좀 더 잘했더라면 그가 더 유명한 사람이 되어 하고 싶은 공부도 하고 좋은 글을 더 많이 쓸 수 있지 않았을까 하는 부채감 같은 게 오래도록 마음에 남았다.

내가 회사를 그만두고 두 아이를 낳고 키우는 동안, 그는 변호사가 되었고 국가인권위원회에서 일하는 직장인이 되었다. 일을 쉬는 동안에도 나는 틈틈이 그가 『비마이너』 등에 기고한 새 글을 찾아 읽었다. 그때는 내가 다시 편집자의 자리로 돌아갈 수 있을지, 돌아간다면 잘할 수 있을지, 주변의 충고대로 공무원 시험이라도 준비하는 게 좋을지 고민이 많은 시기였기 때문에 언젠가 그의 글을 모아 또 한 권의 책을 내고 싶다는 생각은 감히 할 수 없었다. 그냥 그의 글을 읽는 게 좋았고, 그가 더 많이 쓰기를 바랐다.

몇 년 후 사계절출판사에서 다시 일을 시작한 나는 어느 정도 회사에 적응한 뒤 그에게 다시 연락을 했다. 나로서는 천만다행으로 그사이에 누구도 그에게 다음 책을 제안하지 않았다. 우리가 각자의 삶을 사는 동안 그가 해 왔던 일, 로스쿨에서 배우고 국가 기관에서 일하며 경험한 것, 무대에서 몸을 움직여 표현하고자 했던 것을 담아 두 번째 책을 만들면 좋을 것 같았다. 그런데 그는 자기 안에 할 말이 아직 쌓이지 않았다면서 책 쓸 결심을 계속 뒤로 미루었다. 겁을 내는 것도 같았고, 어쩌면 이번엔 진짜 대단한 걸 써야 한다(쓰고 싶다)는 부담감 때문인 것도 같았다. 잊을 만하면 한 번씩 연락을 해서 내가 여전히 기다리고 있음을 알렸다.

편집자마다 기다림의 방식이 다를 텐데, 나는 계속해서 새로운 기획안을 내밀거나 하지는 않는다. 필자의 경험과 생각이라는 넓은 틀 안에서 이런저런 대화를 시도하며 필자 스스로 가장 쓰고 싶은 것을 찾을 수 있도록, 마침내 쓸 결심을 할 수 있도록 약간의 자극이나 환기를 할 뿐이다. 김원영 변호사님처럼 자기 안의 깊고 오랜 질문에 스스로 답하는 글을 써 나가는 사람이라면 더욱이나 꽉 짜인 기획안보다 스스로 주제를 구체화하고 소재를 수집해 가는 시간이 더 중요하다고 보기 때문이다. 역사학자에게 조선 후기 상업 자본의 형성에 관해서 보자는 제안을 하는 것과 자기 삶에서 끌어 올린 문제의식을 글로써 밀고 나아가는 사람에게 제안하는 방식은 다를 수밖에 없다. 성격 탓이기도 하겠지만, '나는 당신을 아주 잘 이해하고 있다'라는 섣부른 태도를 보이지 않으면서도 '나는 당신의 글과 말을 줄곧 따라왔고 언제든 함께 일할 준비가 되어 있다'라는 뜻을 전해야 한다는 생각 때문에 늘 한 마디 한 마디가 조심스럽고 아슬아슬하다.

'한번 써 보자'라는 이야기를 조금씩 꾸준히 한 끝에 첫 책 이후 8년 만에 나온 책이 바로 『실격당한 자들을 위한 변론』이다. 이 책은 다수의 매체에서 2018년 올해의 책으로 선정되었고, 올해의 인권 책이나 편집자가 뽑은 올해의 저자 등 여러 뜻깊은 자리에 이름을 올렸다. 당연히 나에게도 편집자 경력 가운데 손꼽을 만한 의미

있는 책이 되었다. 늘 고만고만한 책만 내다가 회사 매출에도 조금은 기여하는 사람이 되었고, 이 일을 조금 더 해 봐도 되겠다는 자신감도 얻었다. 물론 이 책은 주제나 구성, 내용, 서술 방식 등 거의 모든 것이 저자에게서 나왔기 때문에 '편집 기술'이라는 면에서는 내가 할 말이 많지 않지만, 한 저자에게 꾸준히 애정을 갖고 그의 성장을 응원하며 그가 무엇을 해 볼 마음을 먹게 했다는 데는 약간의 뿌듯함을 느낀다. 내 주변 동료들은 아마 최소 한 번 이상은 나의 이 말을 들어 봤을 것이다.

"내 목표는 김원영 변호사님이 유명해지는 거예요. 유명해져서 돈도 많이 벌고, 공부도 많이 하고, 쓰고 싶은 글도 다 썼으면 좋겠어요."

이 마음은 지금도 변함이 없다. 그가 방송에 나오고, 연극 무대에도 서고, 큰 행사를 진행하기도 하는 모습을 보면 내 마음이 다 두근거린다. 여러 매체와 출판사에서 지면을 주고 책을 내자고 제안하는 것도 긴장은 되지만 기꺼이 응원할 수 있다. 다른 편집자와 만나면 또 다른 색깔의 책을 낼 수 있을 테니 그것은 그에게도 나에게도 좋은 일이다.

두 번째 책과 관련한 활동이 어느 정도 마무리되었을 무렵 그가 어마어마한 제안을 했다. 놀랍게도 김초엽

작가님과 함께 '사이보그'라는 상징을 통해 장애와 과학기술의 관계를 살피는 글을 써 보고 싶다고. 그리고 그 책을 나와 함께 만들었으면 좋겠다고. 이렇게 해서 두 저자의 만남으로 쓰기도 전부터 화제가 된 『사이보그가 되다』를 맡게 되었다. 이 글을 쓰고 고치는 동안, 『사이보그가 되다』의 원고도 쓰고 고치는 과정이 계속되었는데 어느 날 밤 가족이 다 잠든 고요 속에서 원고를 읽다가 문득 '아, 이 작업이 혹은 김원영이라는 사람과의 만남이 나를 이전과는 다른 사람으로 만들어 가고 있구나'라는 생각이 들었다. 이 작업이 아니었다면 내가 과연 이런 주제에 대해 깊이 고민해 볼 일이 있었을까. 두 저자의 논의를 따라가기 위해 원고를 거듭 읽고, 각주에 제시된 여러 책을 읽어 보면서 나 자신이 넓게 확장한다는 느낌을 받았다. 10여 년 전, 투고 메일을 열며 시작된 우연한 인연이 긴 시간에 걸쳐 나를 조금씩 변화시켜 왔다는 생각에 코끝에 물기가 조금 차오르기도 했다. 아마 깊고 조용한 밤이라 그랬을 것이다.

『실격당한 자들을 위한 변론』의 맨 뒤에 실린 감사의 말에 나오는 것처럼 "우리는 20대에서 30대로 넘어갈 때 처음 만나 첫 책을 함께 작업했는데, 이제 30대를 지나 40대를 향해 가면서 두 번째 책을 같이하게 되었다." 그리고 40대가 된 나는 그의 세 번째 책을 만들고 있다. 그사이에 그는 저자로, 나는 편집자로 각자 자리를 잡았고 우리는 처음 만난 그날보다 조금은 덜 서툰 사람이 되었다. 우리가 수시로 만나 사적인 이야기를 나누는 사이는 아니지만 20대, 30대, 40대를 거치며 인생이라는 크고 넓은 길을 함께 걸어가고 있다는 생각은 한다. 그 길은 가끔 만나 한 권의 책을 낳을 테고, 이따금 멀찌감치 떨어져 응원의 박수를 보내게 될 것이다. 그것만으로도 내게는 너무나 감격스럽다.

편집자로 일하며 누구나 경력에 큰 전환점을 가져오거나 인생에 남다른 의미를 주는 저자를 한두 명쯤 만나게 될 것이다. 서둘러 책을 많이 내서 성공의 경험을 나눠 갖는 것도 좋은 일이지만, 긴 시간 함께 성장해 간다는 마음을 갖는다면 초조나 서운함에 관계를 망치지 않고 오래도록 좋은 파트너로 남을 수 있을 것이다.

{ 4 }

편집자의 생애 주기를 따라서

편집자는 자신의 호기심이나 관심사, 문제의식을 책에 담는 직업이기 때문에 나이를 먹어 가며 겪는 여러 일이 자신이 만드는 책으로 드러나기도 한다. 가까운 동료만 봐도 결혼을 하고 아이를 낳으며 육아나 아동 심리와 관련된 책을 만들고, 나이 든 부모님을 곁에서 돌보며 간병이나 돌봄에 대한 책을 내기도 한다. 각자가 처한 상황에 따라 누군가는 청년 세대의 취업이나 빈곤 문제를 다룰 테고, 또 누군가는 비혼 여성이 함께 살아가는 법을 고민할 것이다. 일하며 만난 여러 선후배 동료 편집자가 각자 삶에서 다양한 이야기를 길어 올려 저마다 다른 빛깔의 책을 만들어 가는 모습을 보면 늘 흥미진진하고, 그다음이 궁금해지기도 한다.

　나의 경우는 두 아이를 낳아 키우면서 세상을 보는 눈이 많이 넓어졌다. 생명이 탄생해 성장한다는 것 자체의 신비로움을 알았고, 말이 통하지 않는 존재와의 교감을 익히기도 했다. 직장 생활과 육아를 병행하며 겪는 어려움이나 그것을 지원해 주는 할머니들의 보이지 않는 노동, 어린이집 선생님의 열악한 처우, 쉽게 사라지지 않는 성별 역할 분담, 엄마들만의 커뮤니티, 사교육의 종류와 규모, 가족의 다양한 형태, 디지털 시대를 사는 어린이 등 아이가 성장하며 통과하는 여러 제도와 기관, 공동체를 통해 내 시선도 사회 구석구석으로 향하게 되었다. 이런 경험과 고민은 자연스럽게 내가 만드는 책으로 연결되었다.

　『아이들의 계급투쟁』은 펑크음악이 좋아 영국으로 건너간 일본인 브래디 미카코가 빈곤 지역 무료 탁아소에서 보육사로 일하며 가난이 낳은 혐오와 차별, 배제의 격랑이 아이들의 일상까지 밀려드는 모습을 기록한 책이다. 이 책은 우리 회사 외부 기획위원님이 소개한 외서 가운데 하나였는데, 어린이의 세계를 통해 차별과 불평등의 문제를 이야기한다는 점이 인상적이라 기획회의에 올렸으나 단번에 통과하지는 못했다. 국내에 소개된 적 없는 일본인 저자가 영국의 한 가난한 동네에서 보육사로 일한 이야기라니 너무나 멀고 소소해 보이고, 상당수의 일본 책이 포장만 그럴듯하고 막상 번역해서 보면 별 내용이 없어 신뢰하기 어렵다는 평가가 우세했다. 그런 우려를 불식시킬 만한 근거를 마련하지 못해 일단은 보류하기로 했다.

아이들이 학교에 들어가면서 내 일상에서도 계급과 격차의 문제가 어렴풋하게 감지되던 터라 어쩐지 아쉬움이 남아 두세 달쯤 후에 다시 이야기를 꺼냈다. 이번엔 한 사회가 아이들을 대하는 태도는 곧 그 사회가 도달한 어떤 수준을 보여 주는 것이라는 말로, 이 책이 단지 어느 동네 탁아소에 국한된 이야기가 아니라 영국 사회의 복지 정책과 계급 및 인종 문제 전반을 적나라하게 보여 주고 있음을 강조했다. 이는 당연히 우리 사회의 현실과도 멀지 않은 주제였다. 다행히 이날은 편집자의 의지가 중요한 것이니 한번 해 보자는 쪽으로 결론이 났다.

"정치는 땅바닥을 굴러다니고 있다"라고 말하는 저자는 탁아소에서 매일같이 벌어지는 사건 사고를 통해 부모의 빈곤과 정서적 불안, 폭력과 무기력이 아이에게 그대로 전해지는 모습과 복지 제도가 축소된 사회의 가장 밑바닥에서 벌어지는 차별과 폭력의 실태를 생생하게 그려 냈다. 이런 책을 만드는 데 양육의 경험이 꼭 필요한 건 아니지만, 각기 두 아이를 키우고 있는 번역가와 편집자의 상황이 작업에 활력과 의미를 부여한 것은 사실이다. 수년 전부터 일본에 정착해 살고 있는 번역가 노수경 선생님은 영국 사회에서 소수자로 살아가는 브래디 미카코와 자신의 상황을 겹쳐 보며 느끼시는 바가 많은 듯했다. 이 책을 마무리할 즈음 선생님의 큰아이는 학교에서 외국인, 소수자라는 이유로 어려움을 겪고 있었고 둘째 아이는 대학 입시를 방불케 하는 유치원 입시를 치르고 있었는데, 자신이 부모로서 어쩔 수 없다며 하는 선택이 사회 밑바닥에서 온몸으로 부딪치며 살아가는 브래디 미카코에 비해 너무 이기적이고 안일한 것은 아닌지, 그런 자신이 이런 책을 번역하고 그럴듯한 옮긴이의 말을 써도 되는지 많이 부끄럽다고 하셨다. 나는 나대로 한국 사회에서 양육자, 특히 학부모로서 느끼는 비슷한 종류의 감정을 털어놓았다. 선생님은 오랜 망설임 끝에 옮긴이의 말을 넘기며 다음엔 좀 더 나은 사람이 되겠다고 하셨고, 그 말이 어쩐지 뭉클해 나 또한 그러겠다고 말했다. 카카오톡 창을 사이에 둔 번역가와 편집자의 대화는 분명 책의 꼴을 만드는 데 적지 않은 영향을 미쳤을 것이다.

『아이들의 계급투쟁』이 나의 일과 삶을 좀 더 밀착시키는 경험을 주긴 했지만, 이 책은 어디까지나 번역서였다. 저 멀리 영국에 사는 일본인 이민자가 기록한 이야기라 한국의 독자가 자기 삶에서 느끼는 모순이나 갈등을 대입해 보는 데는 한계가 있었다. 그래서 다양한 사회경제적 상황에 놓인 한국의 양육자와 어린이 혹은 청소년, 그들과 함께 살아가는 동료 시민들의 교육이나 돌봄 문제를 다룰 수 있는 분들을 만나 집필을 제안하고 있다. 최근에는 어린이를 사회의 동등한 구성원으로 환대하는 『어린이라는 세계』를 편집하기도 했고 사교육 업계에서 오래 일한 학교 선배를 설득해 지난 20년간 대학 입시 최전선에서 경험하고 생각한 것을 정리해 보기로 했다. 필자들을 만나 속 깊은 이야기를 나누며, 내 삶에서 맞닥뜨린 질문에 답을 찾으려는 노력이 곧 내 일이기도 하다는 것이 새삼 큰 기쁨으로 느껴졌다.

몇 년간의 공백을 뒤로하고 두 아이의 엄마가 되어 다시 일을 시작하는 건 완전히 다른 차원의 생활로 접어드는 것이었다. 서둘러 일하는 몸을 만들어 앞으로 나아가고 싶은데, 꼬물꼬물 사랑스러운 몸짓을 하는 아이들이 뒤에서 나를 잡아당기는 것만 같았다. 더 많은 사람을 만나고, 무엇을 배우러 다니고, 일할 시간을 더 많이 확보하면 더 나은 성과를 거둘 수 있지 않을까 초조한 마음이 들기도 했다. 덜 자고 덜 놀고 덜 만나는 등 생활을 최대한 단순하게 만들었지만, 유능한 편집자도 괜찮은 엄마도 되지 못한 채 어정쩡하게 서 있는 기분이었다.

그렇게 몇 년을 지내다 보니 발을 동동 구르며 보낸 시간이 나에게 열어 주는 또 다른 세계가 있다는 것을 알게 되었다. 그전까지는 생각해 보지 않았던 문제, 맺지 않았던 종류의 관계에서 새롭게 얻는 인식이 있었고, 세상이 내가 경험해 온 것보다 훨씬 더 넓고 다양하고 복잡하다는 것을 깨닫게 되었다. 동시대를 살아가며 비슷한 고민으로 묶여 있는 동료 여성, 양육자, 돌봄을 감당하는 사람의 존재를 확인하면서는 오히려 이런 경험이 나를 좀 더 사회 속으로 깊숙이 밀어 넣는다는 체감도 하게 되었다. 이런 인식과 경험은 분명 앞으로 내가 만들어 갈 책에 어떤 형태로든 영향을 미칠 것이다.

편집자에게, 특히나 당대의 구체적인 사회 문제를 다루는 경우가 많은 인문교양 편집자에게 일과 사적인 삶을 분리하기란 불가능에 가까운 일이다. 쉴 틈 없이 주어지는 원고를 소화해야 하는 상황이 아닌 이상, 무슨 책을 만들어 갈지는 결국 자신의 삶에서 나올 수밖에 없다. 나이를 먹어 가면서, 생의 국면이 달라지면서 보이는 세상, 만들 수 있는 책이 달라진다는 것은 또 얼마나 설레는 일인가. 그러니 일을 더 잘하기 위해서는 사적인 삶을 저 뒤로 밀쳐 둘 것이 아니라 더 적극적으로 지키고 돌보아야 한다. 아이를 키우고, 부모를 돌보고, 반려동물을 사랑하고, 식물을 가꾸는 일은 책 만드는 삶과 결코 떨어져 있지 않다. 육아든 부양이든 돌봄이든, 때로는 감당해야 할 생활의 문제가 일을 잠식하기도 하고, 때로는 일의 무게가 생활을 짓누르기도 할 것이다. 그 사이에서 발을 동동 구르던 시간이 언젠가 우리를 조금은 더 좋은 편집자로 만들어 줄 거라 믿는다.

{ 5 }

실패에서 배우기

어떤 분야에서든 실패를 돌아보는 것만큼 큰 배움은 없을 것이다. 하지만 실패의 예로 어떤 책을 든다는 것은 부담스러운 일이 아닐 수 없다. 책은 편집자 혼자 만드는 것이 아니기 때문이다. 판매량이 많지 않았던 책이 편집자와 마케터에게는 실패일 수 있지만, 그 책의 표지나 본문 디자인이 남달랐다면 디자이너에게는 작은 성공으로 기억될지 모른다. 저자나 번역가는 물론 책을 소개한 사람, 저자를 추천한 사람, 기획회의나 제목회의에 함께한 사람 등 책의 출간 과정에는 많은 사람의 판단과 선택이 개입하기 때문에 편집자 혼자서 이 모든 과정을 성공이니 실패니 함부로 말할 수 없다. 그럼에도 몇 권

의 책을 골라 '실패'에 대한 이야기를 해 보기로 한 건 실패의 과정을 찬찬히 돌아보면 기획에서 염두에 두어야 할 것을 발견할 수 있기 때문이다.

　이 글에서 예로 들 몇 권의 책은 당연히 이상한 책이 아니다. 각기 한 분야의 지식을 오래 갈고닦은 사람의 통찰을 간명하게 담은 썩 괜찮은 읽을거리다. 다만 생산자의 입장에서 내가 만든 상품이 시장에서 큰 구매를 이끌어 내지 못했다는 부분에 한정해 '실패'라는 말을 붙여 보는 것이다. 책의 출간 과정에 힘을 보탠 많은 사람의 노고를 고려해, '뒷담화'를 하기에 상대적으로 덜 부담스러운 번역서로 세 권을 골라 보았다. 세 권 모두 1쇄를 아직 다 팔지 못했다.

　『정치는 뉴스가 아니라 삶이다』는 일본 정부에 가장 비판적인 지식인으로 손꼽히는 정치학자 스기타 아쓰시가 쓴 정치 분야 교양서다. 우리 모두가 정치의 당사자이며, 현재의 정치가 안고 있는 많은 병폐의 공범이기도 하다는 문제의식에서 출발해 결정, 대표, 토론, 권력, 자유, 사회, 한계, 거리라는 8개의 키워드를 통해 정치에 관한 근본적인 질문을 던지는 책이다. 이제 와 하는 이야기이지만, 이 책을 편집하면서 유유출판사의 책을 많이 참고했다. 정치의 원점으로 돌아가 기초부터 차

근차근 배우는 책이라는 콘셉트로 '내 삶을 바꾸는 정치 공부'라는 부제를 달았고, '요가하듯 천. 천. 히 정치 공부'라는 문장을 표지 카피로 내세웠다. 한 손에 들어오는 판형에 가벼운 종이를 택해 유유출판사의 책처럼 독자가 부담 없이 자기 삶에 필요한 지식을 취할 수 있는 책이 되기를 바랐다.

다른 한편으로 한국에 거의 알려지지 않은 저자의 '작은 책'이라는 약점을 극복하기 위해 저자와 번역가의 한국어판 특별 대담을 싣고, 당시 『정의를 부탁해』라는 베스트셀러를 내며 인지도를 높인 『중앙일보』 권석천 기자님의 추천사를 받았다. 출간 이후에는 서울대학교 정치학과 박원호 교수님을 섭외해 팟캐스트 '김종배의 시사통'에서 이 책을 매개로 정치에 대한 이야기를 나눠 주십사 의뢰했고, 내 나름대로는 회사 블로그에 8회에 걸쳐 책을 해설하는 글을 연재하며 홍보 효과를 기대했다. 이렇게 여러 가지 노력을 기울였지만 책은 일정 부수가 판매된 이후 더 이상 움직이지 않았다.

돌이켜 보면 국내 독자에게 거의 알려져 있지 않은 일본 정치학자가 쓴 개설서 성격의 책이었다는 점이 실패의 가장 큰 원인이 아니었나 싶다. 번역서가 주목받기 위해서는 당대의 화제와 긴밀하게 연결되는 주제를 다루거나 특정 주제에 관한 결정판이라거나 가장 논쟁적인 주장 혹은 최신의 논의를 담거나 어떤 획기적인 발견을 보여 주는 것이어야 할 텐데, 이 책은 기초적인 논의를 담은 작은 책이었으니 독자의 눈에 들기 어려웠을 것이다. 만약 한 분야의 대가라고 할 만한 국내 필자가 수십 년간의 학문 여정을 돌아보며 자기 분야의 기초에 대해 이야기한다면 비슷한 분량의 개설서라고 할지라도 주목도가 남다를 것이다. 스기타 아쓰시라는 정치학자를 꼭 소개하고 싶었다면, 그의 주요 저작을 먼저 출간해 국내 인지도를 만들고 이후 교양서나 개설서 성격의 책도 차례로 소개하는 게 맞는 순서가 아니었을까 싶다. 아울러 판형이나 분위기를 흉내 낸다고 그 책이 독자에게 일으킨 효과까지 가져올 수 있는 건 아니라는 것도 잘 알게 되었다. 수십 권의 책이 일관된 콘셉트를 공유하고 있으면 그 자체가 갖는 힘이 있고 독자에게도 특정한 이미지가 각인된다. 반면 의지할 곳 없이 낱권으로 출간된 작은 책은 겉보기에는 그것들과 비슷할지 몰라도 움직이는 범위와 지속 가능성이 확연히 다르다는 것을 확인할 수 있었다.

『인간의 영혼은 고양이를 닮았다』는 현대 일본을 대표하는 지성으로 평가받는 임상심리학자 가와이 하야오가 '고양이'를 통해 현대인의 영혼을 들여다본 책이다. 저자는 『장화 신은 고양이』, 『날개 달린 고양이들』, 『100만 번 산 고양이』 등 동서양의 옛날이야기부터 중세 및 근현대 소설과 그림책, 만화에 이르기까지 문학 작품에 나타난 고양이의 개성 넘치는 면면을 통해 인간 영혼의 다양한 측면을 살펴본다. 외부에서 검토서 형태로 소개받은 책인데, 『어린이 책을 읽는다』 등 저자의 전작을 재미있게 읽었던 데다 최근 몇 년간 가장 인기 있는 소재인 고양이를 다루었으니 기본은 하지 않을까 하는 생각으로 계약을 결정했다. 이 결정이 참 안일했던 게 정작 나는 고양이를 좋아하는 사람이 공유하는 생각이나 감정, 그들만의 '언어', 다양한 콘텐츠 등에 대해 별로 아는 바가 없었다. 그냥 막연히 고양이를 좋아하는 사람이 많으니 그 가운데 일부는 이런 방식의 인문학적 접근을 좋아할 거라는 근거 없는 믿음을 가졌던 것이다. 결국 출간 이후 몇 개월 만에 이것이 오판이었음을 인정해야 했다. '개를 좋아하는 사람'인 금정연 작가님이 위트 있는 추천의 글을 써 주었음에도 책은 소수의 독자에게만 가닿았고, 그런 상황을 바꿀 만한 아이디어가 내게는 없었다. 초기의 안일한 판단이 출간 이후 책을 어디에 어떻게 알려야 하는가를 찾는 데까지 부정적인 영향을 미쳤다는 생각을 뒤늦게 했다.

계속 실패한 이야기를 쓰려니 민망하지만 한 가지 사례만 더 이야기해 보겠다. 50년 동안 '식물로서의 고추'와 '문화로서의 고추'를 종합적으로 연구한 민족식물학자 야마모토 노리오의 『페퍼로드』도 많은 독자를 만나지 못했다. 고추의 원산지인 중남미에서 출발해 지구를 오른쪽으로 돌며 유럽, 아프리카, 남아시아, 동남아시아, 동아시아에 이르기까지 고추가 전파된 길, 즉 페퍼로드pepper road를 따라 각국의 음식문화를 살펴보는 책인데, 일반적인 미시사 책과 달리 저자가 식물학 연구자이기 때문에 '작물'로서의 고추에 많은 비중을 할애한다. 사실 이 책은 처음 소개받았을 때부터 자신이 없었다. 약간의 차별성이 있다고는 해도 결국 음식을 소재로 한 미시사로 분류될 책인데, 그런 책을 많이 읽던 시기는 이미 지났다는 생각이 들었고, '음식 이야기'로 접근할 독자에게는 고추의 품종이나 재배화 과정 등을 다룬 부분이 오히려 어렵게 느껴지지 않을까 우려되기도 했다.

하지만 계약 여부를 결정하는 과정에서 내 생각을 관철시키지 못했다. 식재료에 대한 좀 더 심도 있는 논의, 식물학적 접근 등에 대한 수요가 있다는 이야기에 제대로 반박하지 못한 데다가 기존에 출간되었던 고추 관련 문화사, 미시사 책이 거의 절판 상태였기 때문에 어쩌면 손해는 보지 않을지도 모른다는 자기 합리화를 하고 말았다. '해 보자, 하고 싶다'는 의견에 계속 반대를 하며 부딪치기보다는 '저 얘기가 맞을지도 몰라'라며 뒤로 물러나는 게 그 순간에는 덜 힘들기 때문에 끝내 동의했고, 결국 끝까지 자신 없는 태도를 버리지 못했다. 물론 이는 편집자가 주도적인 판단을 하지 못한 부분에 대한 반성이고, 책 자체는 신뢰할 만한 필자의 평생에 걸친 연구가 집약된 양질의 교양서였다. 그러나 앞서 소개한 『정치는 뉴스가 아니라 삶이다』와 마찬가지로 전문가의 오랜 연구 성과를 다이제스트 형태로 출간하는 일본의 문고본 시리즈가 한국에서 한 권의 단행본으로 번역되어 나왔을 때 겪는 비슷한 어려움에 맞닥뜨렸다는 생각이 든다. 전문가가 자기 분야를 개괄하는 문고본을 꾸준히 내고, 독자가 그 시리즈를 잘 알고 그 가운데 자기 관심사와 맞닿는 책을 찾아 읽는 환경에서 나온 책과 특별한 이슈나 수요 없이 출간된 번역서는 독자와의 거리가 다를 수밖에 없다. 저자의 지명도나 시리즈의 힘, 출간의 이유가 될 사회적 맥락 등이 충분히 받쳐 주지 못하는 작은 규모의 번역서는 해당 분야의 필독서보다 소품이 되기 쉽다. 따라서 번역서의 출간 여부를 결정할 때는 책의 주제나 내용뿐 아니라 책 바깥의 문제까지 종합적으로 고려하는 판단이 필요하다. 그런 판단은 결국 실패의 경험에서 나오는 것이기 때문에, 우리는 앞으로도 꽤 많은 수의 번역서에서 좌절을 맛보며 조금씩 타율을 높여 가는 수밖에 없다. 물론 경험과 타율이 항상 비례하는 것은 아니지만.

이 세 권의 책은 1년 반 정도의 기간 동안 나온 책이다. 인문교양책 편집자 한 사람이 1년 반 동안 낼 수 있는 책이 많아야 일고여덟 권임을 감안한다면, 이 기간에 내가 낸 책의 최소 절반은 '실패'한 것이다. 게다가 이 이야기가 아주 오래전 편집자 생활 초기의 경험인 것도 아니다. 고작 3~4년 전의 일이다. 쓰다 보니 점점 더 부끄러워지는데, 부끄러움을 무릅쓰고 이 글에서 하고자 하는 이야기는 아무리 뛰어난 야수선수라도 타율이 채 4할에 이르지 못하는 것처럼 우리가 앞으로도 줄기차게 '실패'로 기록될 책을 만들 거라는 점이다. 한 권 한 권을 아무리 성실하고 꼼꼼하게 만들어도, 심지어 그 책의 완성도가 대단히 뛰어나더라도 상품으로서는 실패할 수 있다(책이 지닌 상품 이상의 의미를 여기서 강조할 필요는 없을 것이다). 그 실패의 과정을 곰곰이 반추해 보며 다음 책이 실패할 가능성을 조금씩 줄여 가는 것이 우리가 할 수 있는 최선이 아닐까 생각한다.

정해진 일정에 따라 일을 해 나가다 보면 지나온 책보다는 앞으로 만들 책에 주로 신경을 쓰기 마련이지만, 1년에 한 번이라도(주로 한 해를 정리하는 회의 자료 같은 형태로) 각각이 실패한 이유를 분명한 말로 기록해 자신을 납득시키는 시간을 가져 보면 어떨까. 나는 한 해의 성과를 평가하고 다음 해를 계획하는 회의 자료를 작성할 때 긴 글의 형태로 총평과 권별 평가를 적곤 하는데, 자료가 두꺼워져 동료들의 원성을 사기도 하지만 쓰다 보면 정리되고 납득되는 부분이 분명히 있다. 물론 그 내용이 정답이 아닐 수도 있다. 진짜 실패의 원인은 내가 미처 발견하지 못한 다른 곳에 있을지도 모른다. 하지만 누구도 정답을 말해 주지 않기 때문에 결국 스스로 정답에 가까운 말을 찾고, 그것을 믿고 앞으로 나아가는 수밖에 없다. 실패를 실패라고 인정하는 것도, 그 이유를 찾는 것도 결국 내가 해야 할 일이다.

{ 6 }
남은 말들

앞에 기획과 관련한 몇 편의 글을 썼지만, 어쩐지 확실하고 구체적인 방법을 제시하지는 못한 느낌이다. 여기까지 읽은 독자 가운데 아마 적지 않은 분이 우연이나 운에 의해 이루어진 일이 너무 많은 것 아닌가 하고 느끼실 것이다. 나 역시 운이 좋았다는 것을 인정할 수밖에 없다. 경력사원을 뽑는 자리에 무작정 지원해 덜컥 편집자가 되었고, 존경할 만한 선배들이 일하는 모습을 지켜보며 책 만드는 법을 익혔다. 경력 초기부터 기획을 독려하는 분위기에서 일했기 때문에 기획이라는 걸 흉내 내 보려 부단히 노력했으나, 돌아보면 충분한 조사와 면밀한 판단을 거친 정교한 작업이었다기보다 개인적인 호기심을 어설프게 구현하는 수준이었던 것 같다. 그럼에도 무언가 계속 시도할 수 있었던 건 실패를 감당할 만한 규모와 시스템을 갖춘 회사에서 일했기 때문이다. 그때의 경험을 조합해 '기획이란 이렇게 하는 것이다'라며 글을 쓰기엔 멋쩍은 게 사실이다.

다른 한편으로는 과연 기획하는 방법을 매뉴얼처럼 제시할 수 있는가 하는 의문이 있기도 하다. 앞의 글을 '~하라'와 같은 식이 아니라, 한 편 한 편의 이야기처럼 구성한 것도 그런 생각 때문이다. 한 권의 책이 기획되는 데는 주요 저자의 활동을 꾸준히 주목하고, 이슈를 파악하고, 시장의 흐름이나 독자에 관한 데이터를 분석하는 작업도 당연히 필요하지만, 너무나 하고 싶은 편집자의 마음이나 저자와 주고받는 대책 없는 호감, 우연히 맺게 된 인연 같은 것도 그에 못지않게 중요하다. 하지만 이런 이야기만으로 지면을 채우는 건 책값을 다하지 못하는 일일 테니 평소 일하면서 생각해 온 것, 실천하고 있는 것을 간략하게 적어 보려 한다.

내가 고른 책이 아니더라도

꼭 숨어 있는 저자를 발굴해 획기적인 내용의 책을 만들어야만 유능한 편집자인 것은 아니다. 사실 대부분의 편집자가 이런저런 이유로 자기 앞에 오는 일을 선택의 여지 없이 하게 된다. 특히 경력이 짧을수록 퇴사한 직원이나 팀장, 편집장 등이 계약해 놓은 책을 떠맡는 경우가 많고, 10년 차 혹은 15년 차가 되어도 자기 의지와 상관없이 진행하게 되는 책이 적지 않다. 어떤 조직에 속해 있는 이상 해야만 하는 일이 있기 때문이다. 나는 그 일을 사고 없이 성의껏 잘 해내는 것도 중요한 능력이라고 생각한다. 회사가 됐든 팀이 됐든 조직에서 필요로 하는 일이 문제없이 잘 굴러가야 나 자신도 비교적 장기간 안정적으로 일할 수 있으니 말이다(물론 정말 말도 안 되는 원고는 못 하겠다고, 내서는 안 된다고 말해야 한다. 결국엔 하게 되더라도 반대 의견을 말해 제동을 걸어 보는 것은 나에게나 회사에나 꼭 필요한 일이다).

때로는 나 자신이 교정 보는 기계처럼 느껴지고, 이리저리 치이는 원고만 떠맡게 되는 것 같더라도 내 안에 훗날을 위한 자산을 쌓아 간다는 생각으로 한 권 한 권 잘 마무리하면 좋겠다. 초판도 못 팔 것이 불 보듯 뻔한 원고라도 그 일을 하며 익힌 편집의 기술이나 함께 일한 저자, 번역가, 디자이너, 외주자 등은 고스란히 내 자산으로 남는다. 판매 부수와 상관없이 그 일 자체가 서로 충분히 만족스럽고 즐거운 과정이었다면 이들과는 훗날을 도모할 수 있을 것이다. 반대로 함께 일한 파트너가 두 번 다시 마주치고 싶지 않을 만큼 최악이었다 해도, 마감을 하고 인쇄를 넘긴 나의 수완과 예의와 인내심 역시 내 안의 어딘가에 깊이 새겨질 것이다.

나 역시 시리즈의 후속권이나 오래 묵은 계약, 옛날 책의 개정판, 회사의 사정상 거절하기 어려운 책 등 주어지는 대로 받아서 만들었던 책이 꽤 많다. 이 가운데는 뜻밖에 판매가 잘된 책도 있고, 어디 내놓기 부끄러운 책도 있으며, 너무 고생스러웠지만 인문교양책의 온갖 요소를 두루 배우게 된 책도 있다. 아무것도 남기지 못한, 완벽하게 '쓰잘머리 없는' 작업은 하나도 없었던 것 같다. 때로는 내가 꾹 참고 그 책들을 만들어 준 것이 아니라, 그 책들이 편집자 하나를 키우기 위해 참 고생이 많았구나 싶기도 하다. 그러니 내가 선택하지 않았다고 해서 아쉬워할 일도, 소홀히 할 일도 아니다. 그 책의 담당 편집자는 기획한 사람도, 계약한 사람도, 나에게 그 일을 맡긴 사람도 아닌 바로 나 자신이기 때문이다.

어디서 찾을까

주제의식이 좋고, 구성도 훌륭하고, 글도 잘 쓰는 저자는 어디서 찾아야 할까? 아마 대부분의 편집자가 하루도 빠짐없이 신문 기사나 칼럼을 확인하고, 사회관계망 서비스SNS 타임라인을 훑고, 주간지와 계간지, 무크지에 웹진까지 온갖 잡지를 찾아 읽고, 때로는 학술논문 사이트를 뒤지기도 할 것이다. 나 역시 마찬가지다. 어디 저자가 모여 살고 있는 외계 행성을 발견하지 않는 한, 이 밖에 다른 어떤 획기적인 방법이 있는 것 같지는 않다. 이 무수한 글 가운데 몇 편이라도 제대로 만나기 위해서는 결국 내 안에 어떤 문제의식이 자리 잡고 있어야 한다. 한두 편이라도 그냥 흘려보내지 않고 '와, 새롭다', '이거 정말 중요한 문제인데', '재미있다, 더 읽고 싶다'라며 붙잡아 두기 위해서는 평소 내가 어떤 주제에 반응하는지 혹은 무엇을 정말 재미있어하는지를 잘 파악해 두는 게 좋다.

이 밖에 내가 즐겨 하는 일은 출퇴근길 팟캐스트 듣기이다. '책읽아웃', '혼밥생활자의 책장', '책, 이게 뭐라고?!' 등 도서 팟캐스트를 비롯해 '시스터후드', '영혼의 노숙자' 등 여성 창작자가 만드는 페미니즘 콘텐츠나 시사, 문화, 교육 등 다양한 분야의 방송을 두루 듣는다. 이 방송들을 죽 따라가다 보면 현시점에 가장 주목받는 콘텐츠나 주제가 무엇인지, 그와 관련한 주요 발언자가 누구인지 확인할 수 있다(중요한 사람은 여기저기 다 나온다). 또 주요 저자의 신간이나 요즘 관심사, 향후 계획도 자연스럽게 알게 되고, 어떤 사람들이 서로 지지하고 신뢰하는지도 파악이 되어 추천사나 서평을 의뢰할 때 도움이 된다.

나는 실제로 팟캐스트를 듣다가 관심을 갖게 된 분께 출간 제안을 해서 계약을 맺은 경험도 있는데, 꼭 이렇게 직접적인 연결이 아니더라도 우리가 함께 일구어 가는 이 업계 안에서 어떤 사람이 어떤 성과물을 내고 있는지, 무엇에 즐거워하고 또 무엇에 분노하는지, 이제 사람들이 무엇을 조심하고 더 이상 어떤 식의 말은 하지 않는지 등을 꾸준히 업데이트하는 것만으로도 챙겨 들을 가치가 충분하다.

만남을 청할 때는

어떤 매체에서 굉장히 잘 쓴 글을 보았거나, 마침 내가 관심 있는 주제를 다룬 글을 만났거나, 흥미로운 논문을 읽었을 때 편집자라면 당연히 그 글의 필자를 수소문해 이메일을 보낼 것이다. 필자에게 보내는 첫 메일은 머릿 속에만 있던 어떤 것이 눈에 보이는 실천으로 드러나는 첫 번째 행위다. 그래서 늘 가장 긴장되고, 혹시 내가 쓴 어떤 한 문장이 일을 그르치지는 않을까 신경도 많이 쓰 인다. 썼다 지우기를 반복하면서 한두 시간을 훌쩍 보내 는 일도 부지기수다.

　나의 경우는 잘 갖춰진 출간 제안서를 써서 보내는 편은 아니다. 그 글에서 좋았던 점, 그것을 어떻게 단행 본으로 발전시킬지에 대한 아이디어 등을 담아 긴 메일 을 쓰는데, '이것은 어디까지나 내 생각이고 당신에게 지금 당장 더 관심이 있는 다른 주제가 있다면 그것을 해 봐도 좋다', '만약 다른 출판사와 이야기 중이라면 만 나서 다른 주제를 잡아 보자', '나는 무엇보다 당신이 궁 금하고 무엇이 되었든 당신과 함께 일해 보고 싶다' 같 은 여러 가능성을 열어 두는 말을 꼭 덧붙인다. 그래야 한 번의 만남이 성사되기 때문이다. 메일로 아무리 많 은 의견을 나누더라도 얼굴을 보면서 생각을 맞춰 보는 자리를 마련하기 전까지는 어디까지나 아이디어일 뿐 이다. 본격적인 기획 단계로 넘어가기 위해서는 일단 만 나야 한다. 얼굴을 보며 한두 시간 이야기를 나누고 나

면 그 사람이 나의 저자가 될 가능성이 몇 배는 더 높아
진다.

첫 만남 이후 기획안까지

첫 만남의 자리에 나가기 전에는 그 사람이 쓴 책과 글,
SNS 게시물 등을 최대한 많이 찾아 읽고, 출연한 팟캐
스트가 있다면 챙겨서 듣는 등 그의 이야기 상대가 될
준비를 한다. 필자가 자신의 관심사와 계획, 욕심을 충
분히 드러내도록 대화를 이끌려면 내가 그의 여러 가
능성을 파악하고 있어야 하기 때문이다. 이때 대화 내
용 이상으로 중요한 것은 서로가 '저 사람이랑 같이 일
해 보면 좋겠는데, 재미있겠는데' 하는 마음을 나눠 갖
는 것이다. 여기에 어떤 뾰족한 묘수가 있는 건 아니지
만, 이 작업을 위해 내가 어떤 준비가 되어 있고 얼마나
좋은 파트너가 될 수 있을지를 최대한 어필하는 것이
좋다. 그래야 필자가 다른 건 모르겠고 저 편집자를 위
해서라도 한번 열심히 써 봐야겠다는 마음을 먹을 수
있다.

첫 만남에서는 보통 그날 나눈 많은 이야기 가운데
가장 구체적이고 실현 가능한 것을 골라 목차와 샘플 원

고 한두 편을 써 보자는 제안을 하고 헤어진다. 몇 주 후 혹은 몇 달 후에 샘플 원고가 들어오면, 그리고 그것이 나의 예상이나 기대와 부합한다면 그때 기획안을 쓴다. 여기서부터는 내가 회사를 설득하는 과정이기 때문에 마케팅팀에 부탁해 시장 조사도 하고, 관련 도서도 찾아 읽으며 내 나름의 논리를 세운다. 기획회의를 통과하지 못하면 기껏 섭외한 필자에게 정말 민망한 일이니 최대한 설득력 있는 근거를 제시해 책의 의미와 시장성을 드러낸다. 부끄럽게도 나는 숫자나 데이터에 약해 책이 지닌 가치나 의미에 중점을 두고 기획안을 마련하는 편이다.

편집자의 몸 만들기

원고를 기다리며

대부분의 편집자가 적어도 1년 치 정도의 일정을 가지고 일을 해 나갈 것이다. 특정 분야를 전문적으로 펴내는 출판사가 아닌 이상, 각각의 책은 주제도 성격도 서술 난이도도 각양각색일 수 있다. 인문교양책 편집자라면 조선시대 역사를 다룬 책을 끝내고, 페미니즘 책을 한 권 한 뒤에, 동양고전으로 넘어갔다가, 철학 에세이를 하게 되는 상황도 충분히 맞이할 수 있다. 이 가운데는 개론 수준의 책도 있을 테고, 정통 학술서가 끼어 있을지도 모른다.

　이토록 다양한 주제와 수준의 책을 편집자 한 사람이 완벽하게 파악하고 일에 들어갈 수는 없다. 그럴 필요도 없고, 물리적으로도 불가능한 일이다. 그렇다고 아무 준비도 없이, 그 분야의 기초적인 독서조차 되지 않은 상태에서 원고를 만지다가는 낭패를 보기 쉽다. 특히 페미니즘, 인권, 환경, 노동 등 계속해서 새로운 주제가 등장하고, 논쟁이 활발히 일어나는 분야라면 어휘나 관점, 이론 등이 수정되거나 추가될 수 있기 때문에 신간을 살피고 언론이나 온라인에서 벌어진 최근의 논쟁을 파악해 보는 게 좋다. 역사, 철학 분야라면 계속해서 등장하는 인물이나 사건, 시대·지리적 배경, 사상적 흐름이 있을 것이다. 우리가 그 깨알 같은 지식과 정보를 다 아는 만물박사가 될 필요는 없다. 다만 '어? 이거 좀 이상한데' 할 수 있는 감각은 있어야 한다. 그것이 맞았는지, 틀렸는지는 구글이나 위키백과나 저자, 번역가가 확인해 줄 것이니 이상한 걸 이상하다고 알아채고 포스트잇을 붙이는 정도의 소양은 쌓아 나가는 게 좋겠다.

또 한 가지, 소속 출판사에서 특정 분야나 저자의 책을 지속적으로 낸다면 아무래도 그에 관해서는 조금 더 익숙해질 필요가 있다. 예를 들면 내가 속한 사계절출판사 인문팀에서는 20년 넘게 중앙아시아사 분야의 책을 꾸준히 내고 있다. 번역서도 있고 국내 학자의 연구 성과도 소개한다. 본격적으로 책을 만들면서 배우는 부분도 크지만, 중앙아시아를 중심에 둔 역사책을 몇 권 읽고 대강의 흐름과 지도상의 위치 등을 익혀 두면 작업이 훨씬 수월하다. 그래야 오역도 찾을 수 있고, 외래어 표기 등 교정 원칙도 세울 수 있다. 지금 일하는 회사에서 최소 몇 년간 일하며 성장할 마음이 있다면, 그 회사의 목록과 이후 출간 계획을 살펴보고 필요한 책을 조금씩 읽어 나가는 것도 경력을 안정감 있게 유지하는 한 가지 방법이다.

2019년의 절반은 배병삼 교수님의 『맹자, 마음의 정치학』이라는 세 권의 책을 만들며 보냈다. 이 책은 2008년에 계약되어 10년 넘도록 사계절출판사 인문팀 구성원의 손에서 손으로 인수인계만 되고, 정체를 확인할 수 없었던 '장기 미제 작업'이었다. 전임 팀장님께 인수인계를 받으면서 나 역시 '설마 원고가 들어오겠어?'라는 마음이 없지 않았다. 그래서 교수님께 인사 메일을 드릴 때도 굳이 독촉의 말을 하지 않았다. 오래전 교수님의 『논어, 사람의 길을 열다』를 인상 깊게 읽었던 터라 함께 일해 보고 싶은 마음은 있었지만, 솔직히 『맹자』 역주서를 하고 싶지는 않았다(그때는 『맹자』가 꽤 역동적이고 재미있는 책이라는 걸 전혀 알지 못했다).

그런데! 10년 넘게 들어오지 않던 원고가 하필 내가 이 자리에 있을 때 들어오고야 말았다. 그것도 무려 8,000매가 넘는 분량으로. 마우스 휠을 아무리 돌려도 끝이 보이지 않는 원고 앞에서 살짝 현기증이 나기도 했지만, 뭐 어쩌겠는가. 나는 직장인인데. 교수님께서 8,000매의 초고를 6,000매로 줄이느라 몇 달을 보내시는 동안 나는 『맹자』가 낯설지 않은 사람이 되기 위해 나름대로 준비를 했다. 우선 몇 권의 역주서와 해설서를 구해서 번역과 해설 스타일을 비교해 보았다. 독자가 가장 많이 찾는 번역부터 젊은 연구자의 다소 파격적인 번역까지, 또 고전적인 역주부터 과감한 해석까지 두루 살펴보았다(다 읽었다는 말은 아니다). 각각의 본문 편집 방식도 유심히 보았다. 배병삼 교수님의 원고는 저자가 장별로 붙인 제목–원문–번역문–해설–참고–각주 등 여러 요소로 구성되어 있었기 때문에 어떤 식의 배치가 읽기에 가장 좋은지를 판단해야 했다. 독자가 구석구석 읽어야 할 게 아주 많은 책이라 시각적으로 복잡해 보이지 않으면서도 필요한 내용을 다 담는 디자인이 필요했다. 『맹자』 자체가 본래 분량이 많은 책이다 보니 상당수의 역주서가 촘촘한 편집을 해서 휴대성은 있으나 끝까지 읽어 내기에는 다소 부담스러운 느낌이었다. 우리는 어차피 휴대하기 어려운 분량(2,000매가 줄어도 별로 티가 안 나는!)이니 오히려 좀 더 시원스러운 편집을 해 볼 수 있을 것 같았고, 이후 이런 생각을 바탕으로 디자이너와 세 권으로 분권을 하고 가독성 높은 본문 디자인을 하는 쪽으로 의견을 모았다.

기존에 출간된 역주서를 살펴보는 한편으로, 유튜브와 팟캐스트에서 맹자 강의를 몇 개 찾아들었다. 동양고전에 대한 지식이라고는 20대 중반 『논어』, 『도덕경』, 『장자』를 한 번쯤 들여다보았던 게 전부라, 이 정도 감으로는 교수님의 적절한 파트너가 될 수 없을 것 같았기 때문이다. 출퇴근길에 운전하면서 듣는 강의가 어떤 대단한 지식을 주는 건 아니었지만, 『맹자』가 무슨 말을 하는 책이고 어떤 일화가 나오며 지금 이 시대에는 어떤 통찰을 줄 수 있는지를 대략적으로나마 훑을 수 있었다. 이렇게 해서 최종 원고가 들어온 시점에는 참고할 만한 역주서와 원문을 몇 종 확보하고, 『맹자』에 관한 기초적인 지식을 가진 상태가 되었다. 물론 이렇게 잠깐 살펴본 정도로 교수님과 어떤 논쟁을 벌이거나 해석상의 오류를 지적할 만한 수준이 된 건 당연히 아니다. 각기 차별성을 갖는 여러 번역본을 비교하며 미심쩍은 부분을 질문하고, 교정을 보며 저지를지 모를 실수를 최대한 방지하는 정도였을 것이다. 그래도 이런 준비가 있었던 덕분에 작업 초기부터 저자의 신뢰를 얻을 수 있었고, 이후에는 각기 600쪽이 넘는 세 권의 책을 어떤 방식과 순서로 진행할지 어느 정도는 주도적으로 작업을 이끌 수 있었다.

빠듯한 출간 일정 속에서 다음 책을 위한 참고 도서까지 챙겨 읽기란 쉬운 일이 아니다. 나도 마감에 치이다 아무런 준비 없이 시작하는 책도 많고, 저자 앞에서 적당히 아는 척하며 작업을 진행하는 경우도 적지 않다. 당연히 그럴 수밖에 없다. 우리는 너무나 다양한 분야의 책을 만드는 반면, 그 다양한 분야를 공부하고 준비할 시간은 확보하기 어렵기 때문이다. 그렇다면 어떻게 해야 할까. 각자가 일상의 빈틈을 최대한 활용해 이번 책과 다음 책 사이를 채워 나가는 수밖에 없다. 회사에서 우리에게 다음 작업을 위해 공부할 시간을 따로 줄 리도 없고, 또 우리가 하는 일이 '하루에 100쪽씩 읽으면 다음 업무에 투입될 준비 완료' 같은 식도 아니니 정말로 이 일이 내 일이라고 생각한다면 삶 자체를 '편집자로 살아가기 위한 몸'을 꾸준히 만드는 과정으로 생각하자고 말하고 싶다.

각자 처한 삶의 조건이나 환경이 다르겠지만 읽고

쓰는 시간을 최대한 많이 확보하고, 생활의 소소한 경험도 일과 연결시켜 보는 연습을 꾸준히 하는 것이다. 그렇게 사는 건 너무 팍팍하지 않느냐고? 잘 생각해 보면 우리는 이미 그렇게 살고 있을 것이다. 회사 문을 나서는 순간 일을 싹 잊는 편집자는 아마 한 명도 없을 것이다. 조금이라도 더 잘해 보기 위해서 교정지를 들고 나오고, 틈날 때마다 서점에 들르고, 꾸준히 신간을 찾아 읽고 있을 것이다. 그런 삶을 지치지 않고 이어 가는 것이 다음 작업, 다다음 작업을 위한 준비가 아닐까. 나의 경우는 출퇴근길에도, 놀이터 옆 벤치에 앉아서도, 모두가 잠든 한밤중에도 늘 일과 직간접적으로 연관된 것을 듣거나 읽거나 쓴다. 생활 반경이 점점 좁아지고 여가의 영역도 일이 거의 채우고 있는 형편이라 시대에 역행하는 일하기 방식이라는 생각도 든다. 하지만 지금 내가 처한 조건에서는 이렇게 하지 않으면 잘하고자 하는 마음조차 먹기가 어렵다. 3년 후, 5년 후 내 삶의 조건이 좀 달라지면 또 다른 방식으로 일하게 될까? 아마 그때도 삶과 일이 떨어질 수 없다는 사실은 변하지 않을 것이다. '일하는 나'와 '일 밖의 나'가 잘 분리되지 않는다는 것이 때론 지긋지긋하기도 하지만, 그것이 좋아서 이 일을 계속하고 있는 것도 사실이다.

'퇴근하고도 쉬지 말고 일해!'라는 말을 하려는 것이 아니다. 적어도 이 책을 읽는 사람이라면, 자기 일을 더 잘하고 싶은 마음을 갖고 있을 테니 일과 삶이 자연스럽게 어우러질 방법을 찾아보면 좋겠다는 이야기다. 그리고 혹시 이 책을 읽는 분 중에 관리자나 경영자가 계시다면, 편집자가 어느 정도는 자기 관심사를 발전시키고 공부하고 다음을 계획할 수 있는 환경에서 일할 수 있게 해 주시면 좋겠다. 어쩔 수 없이 떠밀리듯 편집자가 된 사람은 별로 없을 것이다. 다들 책이 좋아서, 잘 만들어 보고 싶어서 이 일을 시작한 만큼 출간 일정에 여유가 있다면, 야근이 줄어든다면 놀러 나가기보다는 일을 잘하기 위해 공부할 사람들이다. 경력 초기의 편집자를 교정교열 과정에 보내는 것으로 직원 교육이 끝났다고 생각하지 말고, 편집자가 (마케터나 디자이너도) 자기 직무에 필요한 것을 배울 수 있는 방법이 무엇일지 회사도 함께 고민해 주면 좋겠다.

초고가 최종 원고가 되기까지

이 꼭지의 제목을 적어 놓고 한참을 물끄러미 화면만 바라보았다. 누군가 나에게 원고 하나를 주며 책으로 만들어 보라고 한다면 어떻게든 해 볼 자신이 있지만, 그걸 글로 정리하려고 하니 좀 난감하다. 편집이라는 것도 어쩌면 목수나 석공의 기술처럼 몸에 새겨지는 것일까? 나무나 돌을 자르고 깎고 다듬는 과정이 말로 표현되는 영역 바깥에 더 많은 것을 남겨 두듯이, 편집자가 놓이는 상황도 몇 가지 유형으로 정리해 해답을 제시할 만큼 단순하지 않다.

저마다 다른 개성과 능력과 예민함을 지닌 저자가 그만큼이나 다양한 글을 주고, 우리는 주어진 일정과 인력과 비용을 고려해 가능한 방식으로 원고를 만들어 간다. 초고가 그대로 최종 원고가 되는 경우도 있고(그럴 만큼 뛰어나거나 개선할 시간이 없거나), 저자와 편집자가 수차례 의견을 주고받으며 환골탈태하는 경우도 있다. 편집자를 대하는 저자의 태도도 각양각색이다. 점 하나 빼지 못하게 하는 사람도 있고(진짜 있다!), 이제 내 손을 떠났으니 어떻게 고치든 당신에게 다 맡기겠다고 하는 사람도 있다(역시나 진짜 있다!). 그러니 어떤 법칙이 있다기보다는 그때그때 상황에 따라 대응할 수 있는 여러 가지 방법을 내 안에 가지고 있어야 한다. 많은 글을 읽고 여러 사람을 만나며 어떤 재료가 주어지더라도 유연하게 대처할 수 있는 장인이 되자고 한다면 너무 거창할까?

처음 원고를 받았을 때 가장 중요하게 보는 것은 한 권의 단행본으로서 하나의 이야기를 잘 끌고 와서 매듭을 지었는가, 즉 스토리텔링이 잘되었는가이다. 서두에 이 책을 쓰기로 한 계기, 문제의식이 잘 드러났는가, 본문에서는 그것에 답하기 위한 탐구, 조사, 경험, 만남 등이 설득력 있게 구성되고 배치되었는가, 마지막에는 이 과정을 통해 얻은 자기만의 생각, 관점, 혹은 한 걸음 나아간 문제 제기가 분명하게 담겼는가. 이런 것이 어느 정도 갖춰져 한 편의 이야기로 잘 짜여 있다면, 문장이 다소 거칠거나 사례가 부족하거나 약간 중언부언하더라도 크게 문제가 되지 않는다. "이 부분은 좀 더 구체적으로, 사례를 들어 써 주세요", "이렇게 접근하면 교양서 독자에게는 너무 어려울 것 같아요", "여기서부터는 객관적인 사실보다 좀 더 자기 이야기를 하면 좋겠습니다" 등 세부적으로 필요한 의견을 제시해서 원고를 보강해 나가면 된다. 수개월 혹은 수년간의 집필로 이미 지칠 대로 지친 저자에게는 괴로운 이야기일 수 있으니 이미 충분히 훌륭한 글이지만 조금만 더 보강하면 정말 좋은 책이 될 수 있을 거라고, 내가 옆에서 계속 돕겠다고 잘 독려하는 것이 바로 편집자가 해야 할 일이다.

반면에 전반적으로 구성이 너무 빈약하다거나, 애초의 기획 의도에서 멀어졌다거나, 연구하고 조사하고 경험한 내용이 자기 언어로 충분히 옮겨지지 못했다면 초조하고 난감하고 고된 편집자의 시간이 시작된다. 잘 썼다, 좋다는 말을 구체적으로 잘하기도 어려운데 아쉽다, 부족하다는 말을 정확하고 성의 있게 하기란 또 얼마나 어려운 일인가. 일단 나 스스로 생각을 정리하고, 지금 이 원고를 기준으로 이후를 다시 그려 보는 시간이 필요하다. 내가 생각했던 그 책이 안 될 수도 있겠구나,

저자가 감당할 수 있는 수정이나 보강은 이 정도겠다, 나는 무엇을 도울 수 있을까(목차를 다시 짜 볼까, 모델이 될 만한 책을 찾아볼까, 아예 저자를 인터뷰해서 글로 풀어 볼까 등등), 일정은 이만큼 미뤄야겠다……. 그전까지는 막연히 서로 기획 의도나 대략적인 목차를 공유했을 뿐이지만, 이제 실물 원고가 눈앞에 놓였으니 거기서부터 계획을 다시 세워야 한다. 애초에 서로가 합의했던 방향으로 돌려 보는 것도 방법이지만, 그보다는 저자가 가장 잘 쓸 수 있는 글의 스타일이나 톤을 찾아 주는 편이 일이 되게 하는 길일 것이다.

만약 저자가 단행본을 집필해 본 경험이 적어 편집자의 적극적인 개입을 바란다면, 지금 있는 원고를 재배치해 구성을 아예 새로 하고 이 자리에 무슨 내용을 넣어 달라는 구체적인 주문을 할 수도 있다. 한번은 여행에세이 원고를 맡았는데, 초고를 보니 여정 위주로만 서술되어 각각의 상황에서 무엇을 느꼈는지, 어떤 새로운 시각을 얻었는지 같은 저자의 목소리가 명확히 느껴지지 않았다. 저자 입장에서는 자기가 직접 짠 경로를 따라가며 낯선 사람들과 만나 크고 작은 모험을 한 것 자체가 큰 의미지만, 읽는 사람 마음에도 어떤 감정을 불러 일으키려면 좀 더 내밀한 이야기가 필요했다. 그래서 저자의 여정을 하나하나 따라가며 여기서 이 일이 있었을 때는 어떤 기분이었는지, 혹시 이런 생각을 하진 않았는지 묻고 또 물어 그 답을 글로 쓸 수 있게 독려했다. 또 자주 있는 일은 아니지만, 뼈대만 있고 정보량이 부족한 경우라면 직접 이런저런 내용을 찾아 빈 곳을 채워 넣기도 한다. 문학적인 글쓰기에서는 불가능한 일이겠지만, 인문교양책 편집자라면 아마 한두 번쯤은 원고의 일부를 직접 쓰는 경험을 해 보았을 것이다.

저자가 이미 단행본을 여럿 출간해 보았고 평소 자기 글을 잘 쓰는 사람인데 유독 이 원고에서만 무언가 잘 풀리지 않은 것이라면, 앞서 말한 것처럼 그가 잘 쓸 수 있는 스타일을 찾아 주어야 한다. 형식적으로 새로운 제안을 해 본다거나, 목차를 다시 짜 본다거나, 짧은 글을 여러 편 쓰게 한 뒤 편집자가 흐름을 찾아 구성을 잡는다거나 취할 수 있는 여러 가지 방법을 고민하고 제안해야 한다. 원래 잘 쓰던 사람이라면 방향만 약간 틀어 줘도 자기 궤도를 잘 찾아갈 것이다. 혹 저자가 어떤 감정상의 문제를 겪고 있다면 만나서 이야기를 나누어 막힌 부분에 길을 낼 수 있는 방법을 함께 찾아보는 게 좋다. 자기 경험을 좀 더 잘 꺼내 놓을 수 있도록 사려 깊은 청자가 될 수도 있고, 책이나 영화 등 매개가 될 만한 다른 소재를 찾아 줄 수도 있으며, 아니면 아예 원고에서 잠시 떨어져 있도록 충분한 일정을 확보해 줄 수도 있다. 상담가가 되었다가, 전략가도 되었다가, 매니저도 되어야 하는 게 편집자의 일이다.

이 모든 과정의 밑바탕에는 서로를 신뢰할 만한 파트너로 여기는 마음이 내내 자리 잡고 있어야 한다. 최종 원고가 완성되기 전까지 저자와 편집자는 상대방 말고 따로 의지할 사람도 없지 않은가. 간혹 팀장이나 편집장, 대표가 개입해 문제를 해결하기도 하지만, 그건 우리가 진짜로 원하는 방식은 아닐 것이다. 아쉬움이나 서운함이 느껴지더라도 한 권의 책을 함께 만드는 협력자, 동료라는 생각만큼은 변함없어야 한다. 편집자의 비판이나 지적은 글에 한정된 것이어야지, 사람에 대한 비난이나 실망감으로 표현되어서는 안 된다. 사람인지라 '아, 왜 이렇게밖에 못 쓰지?' 하는 생각이 들 수도 있겠지만, 그 마음을 잘 다스려 상황을 좀 더 나아지게 할, 도움이 될 방법을 찾아야 한다. 그 과정을 잘 이끌어 간다면 초고와 크게 달라진 최종 원고를 받아볼 수 있고, 그 저자는 회사의 저자가 아니라 내 저자가 될 수 있다.

앞의 글과 달리, 이 글에서는 내가 작업했던 책의 사례를 구체적으로 언급하지 않았다. 처음 이 꼭지를 구상했을 때는 몇 권의 책 제목을 적어 놓기도 했지만 아무래도 그렇게 쓸 수가 없었다. 기대에 못 미쳤던 초고를 내가 이렇게 이끌어서 확 바꾸어 놓았다거나, 노력했지만 끝끝내 실패해 만족스러운 상태로 출간하지 못했다는 이야기는 편집자가 하기에 적절하지 않은 것 같다. 지난한 과정을 거쳐 완성한 책은 고생담을 좀 늘어놓고 싶기도 하고, 누가 편집자의 역할을 알아채고 우쭈쭈 해 줬으면 하는 마음도 있지만 결국 저자와 편집자는 함께 만든 결과물로 이야기를 해야 하는 사람들이 아닌가 싶다. 내가 아니었으면 이 책이 나오지 못했을 거라는 마음은 스스로 일에 확신을 갖기 위해서는 필요해도, 바깥으로 드러낼 때는 정말 조심해야 한다. 이 글이 다소 구체적이지 못하고 뻔한 충고를 늘어놓은 것처럼 느껴질지 몰라 그럴듯한 핑계를 한번 적어 보았다.

{ 9 }

초교, 전 우주에서 끌어와야 할 꼼꼼함

초고를 받은 뒤 몇 번의 의견 교환을 거쳐 최종 원고가 들어왔다면, 이제 본격적인 교정교열이 시작된다. 컴퓨터로 보는 교정을 피시교(PC교), 조판한 뒤 교정지를 출력해 보는 첫 교정을 초교라 하기도 하지만 나는 컴퓨터로 보는 첫 교정을 초교라고 부른다. 용어야 어찌되었든 이 첫 번째 작업은 이후의 전 과정을 좌우하는 아주 중요한 단계다. 그런 만큼 시간을 많이 들여서 살필 수 있는 최대치를 다 살펴 두는 게 좋다.

▸ 이 원고에는 어떤 요소가 있는가(추천사-서문-본문 부와 장-장제목, 중제목, 소제목-맺음말-후기-

참고문헌 – 각주나 미주 – 색인 – 도판과 캡션 등등).

‣ 그 각각을 어떤 층위로 배치할 것인가.

‣ 오역이나 오류는 없는가, 원문 대조가 필요한가.

‣ 각주와 미주 중 무엇을 택할 것인가, 옮긴이 주는 어디에 어떻게 넣을 것인가.

‣ 숫자나 외래어 표기는 어떻게 할 것인가(1명 혹은 한 명? 마오쩌둥 혹은 모택동?).

‣ 띄어쓰기 원칙은 어떻게 정할 것인가.

‣ 원문 병기는 어떤 방식으로 할 것인가(괄호로 혹은 위첨자로?)

‣ 일러두기에는 어떤 내용을 넣을 것인가.

‣ 도판은 어디에 어떻게 배치할 것인가, 꼭 컬러로 들어가야 하는가, 저작권은 다 확인이 되었는가, 캡션의 분량은 어느 정도로 할 것인가.

‣ 도표나 인용문이 있는가.

‣ 색인이나 참고문헌이 필요한 책인가.

다음은 내가 2020년 상반기에 편집한 『칭기스의 교환』이라는 책의 차례와 본문 일부다. 이 책은 크게 2부로 나뉘고 1부에는 3개의 장, 2부에는 7개의 장이 들어가 있다. 그 밖에 본문의 앞뒤로 서론, 미주, 용어 해설, 왕조의 계보(도표), 참고문헌, 감사의 말, 옮긴이 후기, 색인 등의 요소가 배치되어 있다. 교정을 시작할 때 이런 체계를 확실하게 파악해 두어야 이후 조판 과정에서 디자이너나 조판 담당자(오퍼레이터)에게 본문이 몇 개의 층위로 되어 있고, 각기 어떤 스타일로 구분하면 좋을지 의견을 제시할 수 있다. 이 책에는 원서의 주(원주)와 옮긴이 주, 그 밖에 본문 안에 괄호로 표기한 개념 설명이 있다. 원주는 주로 출처를 제시하기 때문에 미주로 배치했다. 만약 역사적 사실이나 개념을 설명하고 있다면 본문과 함께 읽을 수 있도록 각주도 고려했을 것이다. 물론 그럴 경우 옮긴이 주와 어떻게 구분해야 할지 또 다른 고민이 필요할 것이다. 옮긴이 주는 보통 본문 안에 괄호 형태로 넣기도 하고 각주로 내리기도 하는데, 이 책에서는 본문에 이미 괄호가 많이 사용되었기 때문에 (개념 설명, 인물의 생몰년이나 재위 기간 등) 읽어 내려가는 데 불편함이 없게 각주로 내렸다. 같은 이유로 영문이나 한자 병기를 할 때도 괄호를 사용하지 않았다.

여기 드러나지는 않지만 책의 맨 앞에는 외래어 표기 원칙(기본적인 외래어표기법 이외에 아랍어, 페르시아어, 몽골어 등)을 제시한 일러두기가 있고, 본문에는 도판과 캡션, 지도가 들어가 있다. 본문이 끝난 뒤에는

[차례]

몽골 제국을 연구하는 학자들은 대부분 서로 다른 분야에서 경력을 시작했지만 서서히 그러나 불가피하게 몽골학자가 되었다. 이슬람사 연구자는 아랍어와 페르시아어는 공부했지만 중국어나 러시아어는 배우지 않았고, 중세 중국을 연구하는 학자는 아르메니아나 그루지야어를 익히지 않았다. 그들의 연구는 각 지역에 매여 있다. 그래서 많은 학자들은 제국의 분국分國을 연구하는 지역 전문가가 되었고, 대개 1260년 이후 제국의 네 구역에 초점을 맞추었다. 네 구역은 대칸의 제국 혹은 원 제국(몽골리아*와 티베트를 포함한 동아시아), 차가다이 칸국(대략 중앙아시아에 해당), 대중적으로는 '금장 칸국Golden Horde'으로 알려진 주치Jochid 혹은 킵착 칸국(서쪽으로는 카르파티아 산맥부터 동쪽으로는 카자흐스탄까지), 페르시아의 일 칸국Ilkhanate(현재의 터키부터 아프가니스탄에 이르는 중동 지역, 그러나 대大시리아**와 아라비아는 제외)이다.

학자들은 제국을 연결하는 더욱 큰 개념들을 잠깐씩 다루기는 했지만, 그들의 연구는 대부분 해독 능력이 부족해 다른 언어권 사료에 접근할 수 없다는 현실적 장벽에 가로막혀 있었다. 심지어 오늘날의 학자들도 자신이 해독 가능한 자료들을 가지고 연구하면서 다른 언어권 자료들은 번역본을 활용해 연구를 보강한다. 안타깝게도 이 번역조차도 단편적으로 이루어진 경우가 많다. 그렇다고 해서 이 세대 학자들의 연구를 평가절하해서는 안 된다. 그들의 많은 작업이 몽골 제국 연구에 시사점을 제공했고, 특히 제국이 정점에 있을 때보다 1260년 이후의 제국에 대해 더 잘 이해할 수 있게 해주었다.

---

* 이 책에서 몽골리아는 몽골 초원 일대를 가리키는 표현이다.

** 대시리아는 현재의 시리아, 레바논, 이스라엘, 요르단이 위치한 지역을 지칭하는 개념으로 1차 세계대전 이전까지 종종 사용되었다.

몽골 제국사 분야의 역사 서술은 많은 학자들의 노력 덕분에 서서히 달라지고 있다. 최근에 역사 연구에 대한 몇 개의 논평이 발표되었기 때문에 여기에서 그것들을 재론하지는 않겠다.[4] 그 대신에 한 저자가 쓴 몇 권의 연구서를 집중적으로 소개할까 한다. 그의 연구는 그동안 지역 연구에 국한되었던 몽골 제국에 총체적으로 접근할 수 있게 해주었고, 제국을 세계사의 맥락에 놓는 데 결정적인 역할을 했다. 토머스 올슨Thomas Allsen은 몽골 제국과 관련하여 가장 탁월한 학자임이 분명하다. 여러 언어에 능통했던 그는 더욱 통합적인 관점에서 제국을 다루었다. 그의 고전적 연구인 『몽골 제국주의Mongol Imperialism』(1987)는 몽골 제국의 4대 대칸 몽케Möngke(재위 1251~1259)의 정책들을 고찰했고, 몽골의 행정이 일관된 방식으로 어떻게 제국을 하나로 묶었는지를 입증했다. 뒤이은 연구는 『몽골 제국의 상품과 교류Commodity and Exchange in the Mongol Empire』(1997)인데, 몽골 제국의 경제와 궁정 생활에서 이슬람 직물이 가진 중요성을 논증했다. 『몽골 유라시아에서의 문화와 정복Culture and Conquest in Mongol Eurasia』(2001)은 몽골의 영향으로 유라시아를 횡단했던 광범위한 상품과 사상들을 설명하여 몽골 제국사 수업을 위한 기본서가 되었다. 그의 많은 논문과 또 다른 연구들은 계속해서 제국을 지역의 관점에서가 아니라 하나의 완벽한 통일체로 검토하고 있다. 올슨의 네 번째 책인 『유라시아 역사에서 황족의 사냥The Royal Hunt in Eurasian History』(2006)은 황실 엘리트의 사냥 전통을 다룬 연구이다. 몽골 제국만을 다룬 것은 아니지만, 이를 통해 올슨은 우리가 세계사를 이해하는 데 중요한 기여를 했다. 두말할 필요도 없이 그가 강조하는 부분은 몽골족과 그들의 전통이 다른 지역에 끼친 영향, 나아가 몽골족과 다른 황실 엘리트의 공통점이다.

여러 가지 부속 요소가 나오는데 기본적으로 원서의 순서를 따랐고, 맨 뒤에 옮긴이의 말과 색인을 더했다. 원서에도 색인이 있지만, 한국어판 번역어에 맞춰 목록을 새로 작성했다. 색인은 인물, 지명, 역사적 사실, 개념, 이론 등 많은 정보를 담고 있는 인문교양책에서 독자가 원하는 정보를 신속하게 찾아보도록 돕는 역할을 한다. 편집이 다 끝나 쪽수가 완전히 확정된 후에야 할 수 있는 작업으로, 각 단어를 일일이 검색해 쪽수를 기록하는 것은 꽤 번거롭고 힘든 일이지만 독자에게는 편리를 제공할 수 있고, 편집자에게는 마지막으로 책 전체의 통일성과 일관성을 확인할 수 있는 기회가 된다. '구육 칸'이 등장하는 쪽수를 확인하기 위해 검색창에 '구육'을 입력하고 엔터를 20번쯤 치다 보면 띄어쓰기가 잘못된 '구육 칸'이 한 번쯤은 나오기 마련이다. 이렇게 이 과정에서 잡아내는 오류가 적지 않다. 모든 책에 색인을 넣을 필요는 없지만, 역사책이나 이론서 등에는 충실한 색인을 넣는 편이 좋다고 생각한다.

이와 같이 전체적인 구성부터 사소한 교정 원칙까지 책 전체를 관통하는 여러 기준을 초교 단계에서 다 잡아 주어야 이후의 작업이 수월해진다. 초교에서 이렇게 힘을 주는 이유는 이제부터 본격적으로 여러 파트너와의 작업이 시작되기 때문이다. 저자는 물론이고 디자이너와 조판 담당자와도 계속해서 원고를 주고받게 된다. 필요한 원칙과 기준을 세우고 이들과 공유하지 않으면, 혹은 기준에 따라 제대로 통일해 두지 않고 이후에 하나하나 수정해 달라고 하면 작업이 너무 지난하고 힘들어진다.

외래어 표기 원칙을 저자에게 너무 늦게 알렸다가 나중에 전체 원고에 등장하는 모든 외래어를 바꿔야 하는 상황이 올 수도 있다(난 절대 마오쩌둥은 용납 못 한다고 하는 저자가 있을 수 있다). 저작권 확인도 안 된 도판을 막 넣었다가 나중에 뺀다거나, 상당한 분량의 각주를 넣었다 뺐다 한다면 본문이 크게 흔들려 다시 정리하느라 애를 먹는다. 띄어쓰기나 숫자 표기는 사소한 것 같지만 초반에 신경 쓰지 않으면 최종교(OK교) 때까지도 제대로 못 챙긴 것이 계속 나온다. 오역이나 오류를 제대로 바로잡지 않거나 교정한 결과를 저자(번역가)에게 확인받지 않은 채로 조판을 했다가 문장을 뒤늦게 많이 뜯어고치는 상황이 올 수도 있다. 지금 예로 든 이 모든 문제 상황은 상당 부분 디자이너나 조판 담당자가 감당하게 된다. 편집자가 뒤로 미룬 만큼 그들의 손이 바빠지는 것이다.

조판을 해서 교정지로 봐야 제대로 볼 수 있다며 컴퓨터로는 대강 정리만 하는 편집자도 있을 것이다. 각자의 업무 스타일은 존중받아야 하지만, 모두가 파일을 주고받으며 일하는 시대인 만큼 그에 어울리는 형태로 일하는 방식을 바꿔 가는 것은 의무에 가까운 일이 아닐까 생각한다. 눈앞에 놓인 새빨간 교정지가 나에게는 격무를 증명하는 뿌듯한 결과물일지 몰라도 그걸 가져가서 손으로 일일이 수정해야 하는 사람에게는 초과 노동일 수 있다는 걸 늘 염두에 두어야 한다. 비용을 지불하고 일을 맡기는 것인데 왜 그렇게까지 해야 하느냐고 생각할 수도 있지만, 모두가 알다시피 우리는 수정 양이 많다고 해서 조판 비용을 더 지불하지 않는다. 게다가 지난 수년간 우리의 급여는 조금씩이라도 올랐지만 조판 인력에게 주는 비용은 거의 변화가 없다. 그 비용을 올릴 힘이 우리에게 없다면 최대한 일을 줄여서 그 사람이 다른 일을 더 할 수 있게 해 주어야 한다(올릴 힘이 있는 분들은 올려 주시기를. 5년, 10년이 지나도록 계속 같은 비용으로 일이 진행되는데도 아무런 문제의식을 느끼지 못한다면 그것이야말로 문제다. 이는 번역가나 외주 교정자에게도 마찬가지다).

꼭 종이에 보아야 하는 편집자라면, 아래아한글의

편집 기능을 이용해 교정지와 비슷한 꼴을 만들어 한두 차례 교정을 진행하고 조판을 넘기는 방법도 있다(나는 보통 컴퓨터로 한 번, 한글 파일 상태로 출력해서 또 한 번 교정을 본 뒤 파일에 반영해서 조판을 넘긴다). 그리고 이미 조판을 진행한 이후인데 어떤 사정으로 원고를 대폭 수정하게 된다면, 손으로 적어서 주기보다는 해당 부분을 타이핑해서 파일 형태로 넘겨주는 편이 작업도 간단하고 오탈자도 줄일 수 있는 길이다. 글을 쓰는 것은 홀로 하는 고독한 작업이지만 그것이 책이라는 형태를 갖추기까지의 과정은 어느 하나 빠짐없이 다 협업이다. 같이 일하는 모든 사람이 시간을 덜 들이고 고생을 덜 할 수 있는 방법을 늘 고민하는 것도 직업윤리의 하나라고 생각한다.

앞에 적은 여러 가지 문제 상황은 내가 어느 정도씩 다 저질러 본 일이고, 요즘도 잠깐 판단을 잘못했다가 조판 담당자를 고생시키는 일이 종종 있다. 지금 마감하고 있는 원고도 원서의 주를 각주로 넣고, 옮긴이 주를 본문에 괄호로 넣었다가 조판 직후에 이게 아니라는 느낌이 와서 부랴부랴 원서의 주를 미주로 보내고, 옮긴이 주를 각주로 내리느라 애를 먹었다. 내가 아니라 조판 담당자가. '인문교양책 만드는 법'이라는 책을 쓰고 있는 사람이 그런 실수나 하고 정말 민망하기 짝이 없다. 앞서 소개한 『맹자, 마음의 정치학』은 세 권에 걸쳐 수천 개의 각주가 등장하는데 각주에 나오는 한자에 작은따옴표를 할 것인가, 독음을 달 것인가, 긴 문장이 등장해도 독음을 달 것인가, 그렇다면 그 문장의 번역문은 어디에 배치할 것인가 등등의 원칙을 확고하게 세우지 못해 디자이너와 조판 담당자의 손이 고생을 좀 했다. 워낙에 분량이 많다 보니 원칙을 세워도 자꾸 예외가 나와, 그 예외에 대한 원칙을 또 만들어야 했기 때문이다.

어떤 뚜렷한 묘안이 있는 것은 아니다. 이런 경험을 계속하면서 사과도 하고, 감사도 하고, 반성도 하며 자기 감각을 꾸준히 단련해 가야 한다. 이 글은 이런 체계가 어울리겠다, 이 책은 주석이 본문 바로 아래 있어야 내용 이해에 도움이 되겠구나, 이 책은 한자를 중국어 발음이 아니라 한국식 독음으로 읽어 주는 것이 좋겠구나 등을 파악할 수 있는 편집 감각 같은 것 말이다. 그리고 무엇보다 중요한 것은 초교 때 저자, 번역가, 디자이너, 조판 담당자 등 자신의 작업 파트너와 해야 할 이야기를 충분히 하고 필요한 원칙을 정해 공유하는 것이다. 이야기하는 과정에서 어찌해야 할지 몰라 고민하던 부분이 정해지기도 하고, 상대가 하는 일의 영역을 좀 더 자세히 들여다볼 수도 있다. 내가 이렇게 해서 넘기면 디자이너가 힘들어지는구나를 알게 되면 다음에는 실수를 덜할 수 있고, 더 신속하고 순조롭게 일을 진행할 수 있다. 일이 빨라지면 일정 내에 교정을 한 번이라도 더 볼 수 있고, 그렇다면 원고 상태는 자연히 더 좋아진다. 이렇게까지 말하고 나니 초교가 무슨 신흥 종교의 이름인 것 같기도 하다. 기왕 이렇게 된 김에……. 전 우주의 꼼꼼함을 끌어다 초교를 잘할지어다.

이제 다 되었다 싶을 때 딱 한 번만 더

출판 편집과 관련한 강의나 칼럼, 책 등을 보면 '보통 3교 정도를 거친 뒤에 출간을 한다'라는 이야기가 나오는데, 나는 정말로 그 말이 사실인지 아니면 그냥 통상하는 말로 3교인 건지 늘 궁금했다. 15년 전 일까지는 잘 기억이 나지 않지만, 기억나는 대로 떠올려 보더라도 3교만 보고 작업을 마쳤던 경우는 거의 없는 것 같다. 게다가 경력에 비례해 교정 횟수가 오히려 늘고 있기도 하다. 어느 부분에서 실수가 발생하는지, 무엇 때문에 2쇄를 찍기 전까지 내내 부끄러워해야 하는지를 그만큼 직간접적으로 많이 경험했기 때문이다. 다시 말하면, 겁이 나서 세 번 만에 펜을 놓을 수가 없다.

요즘은 기획을 강조하느라 혹은 생산 속도를 높이기 위해 교정교열 작업을 외주로 진행하는 출판사가 많다고 들었다. 나도 전문성이 필요한 원고는 간혹 외주 편집자의 도움을 받지만, 그 밖의 작업은 대부분 직접 하고 있다. 기초 공사부터 마무리까지 내 손으로 하지 않으면 내가 지은 집 같지 않은 느낌이 계속 남는 데다가 외주 편집을 거쳐 들어온 원고를 한두 번 보고 그 책을 충분히 파악했다고 자신할 수 없기 때문이다. 앞서도 말했지만 인문교양책 편집자는 계속해서 다른 분야의 책을 맡게 되기 때문에 그 분야에 진입하는 시간이 어느 정도 필요하다. 따로 시간을 내서 준비하고 공부할 여유가 없다면, 원고를 여러 번 보는 과정에서 필요한 것을 채워 나간다고 생각해도 좋겠다.

원문 대조, 각주, 미주, 도판, 참고문헌, 색인 등등 해야 할 일이 많은 작업일수록 밖으로 빼는 경우가 많은데, 그럴수록 오히려 스스로 붙잡고 해 보는 경험이 굉장히 중요하다. 만약 『맹자, 마음의 정치학』 같은 책을 분량이 많고 작업이 번거롭다는 이유로 외주로 내보냈다면, 아마 총 1,800쪽에 이르는 세 권의 책이 어떤 원칙에 의해 정리되었고, 각 권의 가장 중요한 주제는 무엇이며, 이 책이 기존의 역주서와 어떤 차별성을 갖는지 제대로 파악하기 어려웠을 것이다. 여러 차례 원고의 구석구석을 꼼꼼히 살피고, 하나하나 직접 내 손으로 자리를 잡는 과정에서 저자의 깊은 의도를 눈치채고 글이 좀 더 잘 읽힐 방법도 발견하게 되었다. 중복되는 내용을 덜어내고, 오해를 살 수 있는 부분을 수정하거나, 이해하기 어려운 내용을 좀 더 평이한 문장으로 바꾸자는 제안도 여러 차례 거듭 읽었기 때문에 가능했다. 어느 분야든 이렇게 교정교열의 종합선물세트 같은 책을 하나 제대로 하고 나면, 다음에 어떤 책이 와도 겁나지 않을 만큼 부쩍 실력이 늘었다는 감각을 얻게 될 것이다.

교정을 많이 하자는 말이 꼭 마지막 하나 남은 오탈자까지 다 찾아내자는 뜻은 아니다. 물론 그것도 중요하지만, 요즘 드는 생각은 오탈자는 분명 부끄러운 일이지만 내내 나를 따라다니며 괴롭히는 치명적인 상처가 되지는 않는다는 것이다. 편집자를 정말 속상하게 하고 좌절하게 하는 건 문장이 잘 안 읽힌다, 편집자가 콘셉트를 완전히 잘못 잡았다, 팩트 체크도 제대로 하지 않았다, 제목이랑 카피를 왜 이런 식으로 했는지 모르겠다 같은 평가다. 자기 취향이 아니라고 혹은 제대로 읽지도 않고 악평을 남기는 사람도 적지 않지만, 개중에는 정말 뼈아픈 지적도 있다. 조금 더 고민했으면, 한 번만 더 보았다면 이런 이야기는 듣지 않았을 텐데 뒤늦게 후회하고 오래도록 괴로워한다.

　2교에서는 뭘 보고, 3교에서는 뭘 보라는 어떤 명확한 지침이 있는 게 아니다. 당연히 매번 전체를 다 보는 것이고, 볼 수 있는 모든 걸 다 보는 것이다. 다만 '두 번 본 나'에 비해 '네 번 본 나'는 원고를 좀 더 속속들이 파악하게 되어 '볼 수 있는 모든 것'의 범위가 훨씬 넓어져 있다. 처음에는 전체적인 흐름을 따라가기에 바빠 제대로 보이지 않던 것이 한 번 두 번 교정을 거듭할수록 눈에 들어오기 시작한다. 문장 구조를 바꾸면 좀 더 잘 읽히겠다는 생각도 하고, 독자의 이해를 도울 주석을 넣어볼 마음도 먹게 된다. 단어나 문장 단위로 따라가던 눈이 단락과 단락의 연결, 각 장의 구분과 역할까지 보게 되어 앞뒤 모순되는 내용이나 통일되지 않은 요소, 보강해야 할 부분을 발견할 수 있다. 웬만한 것이 다 자리를 잡고 내용도 정리가 되고 문장도 가지런해졌다면 좀 더 나은 표현, 누군가를 배제하거나 혐오하지 않는 표현을 찾아볼 수도 있다. 앞서 언급했던 『영화의 얼굴』은 1950~1980년대 한국 영화 포스터를 모은 책이다 보니 당시 영화들이 주로 택했던 여성의 신체를 강조한 디자인을 묘사하는 문장이 많았는데, '관능적'이라거나 '요염한' 같은 표현을 최대한 쓰지 않는 방향으로 교정하기 위해 마지막까지 어휘를 고르고 다듬었다. (결국 다 없애지는 못했다.) '한국 최초의 혼혈 가수'라는 표현을 바꾸고 싶어 내내 고민하다 결국 '혼혈'의 대체어를 찾지 못했다는 설명을 넣는 것으로 마무리하기도 했다. 역사책에서도 편집자 나름의 관점을 가지고 표현을 다듬을 수 있다. 예를 들어 "유목 사회에서 미망인은 사망한 남편의 형제 혹은 친척과 혼인하는 것이 관례였다"라는 문장을 "유목 사회에서 남편과 사별한 여성은 사망한 남편의 형제 혹은 친척과 혼인하는 것이 관례였다"로 바꿔 볼 수도 있다는 말이다. 단순히 오탈자 없는 책이 아니라, 신중하게 고른 어휘와 잘 다듬어진 문장, 명쾌한 주제의식으로 이루어진 책이 되기 위해서는 시간과 정성을 들여 여러 번 들여다보고 매만져 주는 편집자의 눈과 손이 필요하다.

교정교열을 많이 할 것을 권하는 또 한 가지 이유는 책의 콘셉트나 표지 및 띠지 카피, 제목, 보도자료의 주요 토픽까지 '원고'를 '책'으로 만드는 데 필요한 모든 요소가 그 과정에서 다듬어지기 때문이다. 물론 감각이 좋은 사람은 한두 번 살펴보고도 핵심을 꿰뚫는 명쾌하고 매력적인 제목과 카피, 콘셉트를 뽑아낼 수 있을 것이다. 실제로 그쪽으로 뛰어난 편집자가 있고, 그들은 그들 나름대로 업무 방식을 세팅해 두었을 거라 생각한다(신뢰할 만한 외주 편집자와 긴밀하게 원고 작업을 하며 기획이나 책의 연출에 좀 더 집중하는 방식). 그 또한 하나의 모델이 될 수 있지만 내가 그에 해당하지 않기 때문에 논외로 하고, 원고를 한 문장이나 한 단락으로 요약하거나 독자가 주목할 만한 부분을 찾아내는 데 어려움을 겪는 편집자라면 원고를 거듭 읽으며 저자가 구축한 세계에 익숙해지는 게 먼저다. 원고가 더 이상 낯설거나 어렵지 않아야 거기서 무엇이 가장 중요한지, 혹은 무엇이 새로운지, 혹은 무엇이 감동적이거나 매력적인지를 가려낼 수 있다. 교정을 보는 과정에서 주변 동료들에게 원고 이야기를 슬쩍슬쩍 꺼내 보는 것도 좋다. 내가 지금 무슨 책을 만들고 있는데 이런 재미난 이야기가 나온다 하고 자꾸 이야기를 해 봐야 스스로 정리가 되고 어떤 부분이 가장 중요한지도 알게 된다. '많이 읽는다고 그런 게 다 보이나?'라고 물을 수도 있겠지만, 나는 보인다고 믿는 편이다. 적어도 세 번 보았을 때보다는 네 번 다섯 번 보았을 때 더 많은 것을 볼 수 있고, 더 중요한 것과 덜 중요한 것을 가려낼 수 있다고 믿는다. 그런 믿음조차 없다면 이 일을 어떻게 해 나가겠는가.

자, 이제 많이 보면 좋다는 건 알겠는데 그럼 언제까지, 얼마나 많이 보라는 얘기인가. 사전 편찬을 하는 것도 아닌데 10교까지 보고 있을 수는 없지 않은가. 당연히 교정 횟수는 출간 일정에 따라 달라진다. 나에게 주어진 시간 안에서 최대한 하는 수밖에 없다. 2,000매짜리 원고를 주며 한 달 안에 끝내라고 한다면 당연히 3교도 많다. 편집 업무의 중요성, 절대적인 물리적 시간을 인정해 주지 않는 환경에서 야근에, 주말 근무까지 하면서 교정을 한 번 더 보라고 말하고 싶지는 않다. 편집자 스스로 판단해서 정한 일정이 충분히 존중받을 수 있는 환경이라면, 조금 더 욕심을 내서 '이제 다 되었다 싶을 때 딱 한 번만 더' 보자는 이야기를 하는 것이다.

만약 그렇게 한 번 더 보다가 어떤 중대한 문제를 발견했다면 적극적으로 일정을 조정해야 한다. 저자나 번역가, 디자이너, 제작 담당자, 마케터까지 관련된 모든 사람에게 새로 계획한 일정을 신속하게 공유하고 추가로 작업할 시간을 마련해야 한다. 일정을 지킨다며 발견된 문제를 대강 봉합하고 넘어가는 것도 문제고, 교정을 조금 더 보겠다며 하루씩 마감을 미루며 일정을 뭉개는 것도 바람직하지 않다. 지금 내 앞에 놓인 상황을 냉정하게 판단하고, 작업 파트너들에게 양해를 구해 이후의 모든 일정이 조정될 수 있도록 조치를 취하는 것이 우선이다.

일정과 관련하여 내가 자주 하는 두 가지 생각이 있다. '내일 이 책이 나오지 않는다고 해서 세상이 무너지지 않는다'와 '일은 끝내는 맛에 하는 것이다'. 일견 모순되는 생각 같지만 전자는 무리한 일정을 고수하려다 곤란한 상황을 맞지 않으려는 것이고, 후자는 완벽을 기한다며 한없이 일이 늘어지는 상황을 막으려는 것이다. 늘 이 두 가지 생각 사이를 오가며 그 상황에 맞는 최선의 판단을 하려고 한다. 교정교열을 어느 시점에 끝내는가는 이런 판단에서 나오는 것이다. 자신의 최대치를 했고, 교정지 한쪽에 붙은 작은 포스트잇이 다 떼어졌고, 약속한 마감일이 다가왔다면 이제 끝내면 된다. 작업의 모든 과정에 깊숙이 개입한 사람이라면 아마 어디가 끝인지도 잘 보일 것이다. 그러니 SNS도 해야 하고, 동영상도 다룰 줄 알아야 하고 편집자가 할 일이 점점 많아지는 시대이지만, 가능하면 업무의 많은 비중을 원고를 직접 보고 만지는 시간에 할애하기를 권하고 싶다.

제목과 카피, 편집자의 영역

제목과 카피는 책이 독자에게 주는 첫인상이기 때문에 늘 최선이어야 한다. 아무리 좋은 내용을 담고 있어도 첫인상이 별로면 만남조차 성사되지 않기 때문이다. 그래서 정말 잘 정리된 노하우를 여기 적어야 할 텐데, 사실 나는 이쪽에 그리 특출 난 재능을 가진 것 같지는 않다. 당연히 매번 최선을 다해 여러 가지 안을 마련하고 그 가운데 가장 좋은 것을 고르려 애쓰지만, 제목 하나로 큰 반향을 일으키거나 인구에 회자될 만한 카피를 써 본 경험은 별로 없다. 그래서 실은 이 꼭지를 쓰지 말까 생각도 했지만, 책 만드는 방법에 대해 쓰면서 제목과 카피를 이야기하지 않기도 어려운 일이니 여러 책의 제

목을 살펴보면서 나 자신도 공부하는 마음으로 써 보기로 했다.

먼저 어떤 유형의 제목이 있는지 살펴보았다.

① 구체적 효용
철학은 어떻게 삶의 무기가 되는가, 우울할 땐 뇌 과학, 자존감 수업, 미움받을 용기, 난생 처음 한번 공부하는 미술 이야기, 독서의 역사, 어떻게 죽을 것인가, 생각의 탄생, 지리의 힘, 유튜브는 책을 집어삼킬 것인가, 세상 물정의 사회학, 나를 지키며 일하는 법

② 생각 비틀기, 호기심 유발
우리는 차별에 찬성합니다, 아침에는 죽음을 생각하는 것이 좋다, 선량한 차별주의자, 절망의 나라의 행복한 젊은이들, 전쟁은 여자의 얼굴을 하지 않았다

③ 문학적, 함축적, 간접적
아픔이 길이 되려면, 알지 못하는 아이의 죽음, 실격당한 자들을 위한 변론, 아픈 몸을 살다, 새벽 세 시의 몸들에게

④ 이름 붙이기

피로사회, 단속사회, 세습 중산층 사회, 이상한 정상가족, 88만원 세대, 불평등의 세대, 코로나 사피엔스

⑤ 문제 제기

왜 세계의 절반은 굶주리는가, 이것은 왜 청춘이 아니란 말인가, 왜 가난한 사람들은 부자를 위해 투표하는가

⑥ 저자의 의지, 책의 주장

다시는 그전으로 돌아가지 않을 것이다, 나쁜 사람에게 지지 않으려고 쓴다, 아파도 미안하지 않습니다, 정치하는 엄마가 이긴다

⑦ 저자가 누구인가

나는 가해자의 엄마입니다, 나는 매주 시체를 보러 간다, 나는 심리 치료사입니다, 나는 빠리의 택시운전사

⑧ 이 저자라면 어떤 제목이라도

열두 발자국, 나의 한국현대사

여기 속하지 않는 유형의 제목도 많지만, 목록이 너무 길어지면 분류의 의미가 없으니 대략 이 정도만 적어 보았다. 적으면서 예시를 가장 쉽게, 많이 찾을 수 있었던 유형은 1번이었다. 이 책이 어떤 내용을 담고 있고, 독자에게 어떤 효용이나 쓸모를 주겠다는 걸 분명히 밝히는 제목들이다. 시, 소설, 에세이 등 문학 분야와 달리 인문교양책에서는 담고 있는 내용을 구체적이고 정확하게 드러내는 제목이 가장 효과적이고 안전하다. 지식의 획득, 사고의 확장, 지적 탐구 등 독자의 욕구가 좀 더 구체적인 쪽에 맞춰져 있기 때문이다. 읽고 나서는 슬픔이나 분노에 사로잡힐 수도 있고, 흥분과 열기에 휩싸일 수도 있지만 책을 구입하기까지는 궁금증이나 필요가 큰 부분을 차지한다. 서점에서 책 표지를 보고 '아, 이거 재미있겠다' 하는 정도의 느낌일지라도 거기에는 기본적으로 이 주제에 대해 더 알고 싶다는 마음이 자리 잡고 있다. 그러니 인문교양책의 제목을 정할 때는 무엇보다 그 책이 담고 있는 바를 구체적이고 간명한 한마디, 한 구절로 정리해 보는 일이 우선이다.

그렇다고 책의 제목을 전부 '~의 탄생', '~하는 법', '~의 역사'로 지을 수는 없는 일이다. 그런 식의 정형화된 제목은 이미 오랜 시간 많이 있어 왔기 때문에 안정감이나 접근성을 주지만, 눈에 띄거나 어떤 새로운 생각을 환기하기 어렵다. 그래서 그다음으로는 정리된 핵심 내용을 바탕으로 문제 제기를 하거나, 고정관념을 깨며 호기심을 유발하거나, 어휘의 낯선 조합으로 신선함을 주거나, 짧고 인상적인 한마디로 명명하거나, 저자의 정체성을 드러내는 등 여러 가지 시도가 이루어진다. 어떤 유형의 제목이 더 좋다기보다 그 책의 성격에 맞는 스타일을 찾아 주는 것이 편집자가 해야 할 일이다. 단정한 문체로 쓰인 글에 너무 날이 선 제목을 달거나, 혁신적인 생각을 담은 책에 상투적인 제목을 붙이는 것은 심각한 패착이다. 제목은 독자의 관심을 끌어들이는 역할도 해야 하지만, 저자와 그의 성과물을 하나의 이미지로 표현하는 역할도 하기 때문이다. 예를 들어 『아픔이 길이 되려면』은 편집자가 책의 상을 어떻게 잡느냐에 따라 '차별은 인간을 어떻게 병들게 하는가', '사회가 건강해야 사람도 건강하다', '건강 불평등' 같은 제목이 붙었을 수도 있다. 아마 여러 가지 안 가운데서 저자의 성정이나 문체, 책이 지향하는 바, 독자에게 주고 싶은 감정적인 울림 등을 고려해 지금의 제목을 지었을 것이고, 그 결과는 우리 모두가 알다시피 매우 성공적이었다. 조금은 함축적이고 은유적인 이런 유형의 제목은 그 자체만으로 독자에게 다가간다기보다 저자의 확실한 전문성이나 차별성, 제목의 모호함을 받쳐 주는 부제나 카피, 당대의 이슈와의 공명 등이 함께 따라가야 의도한 효과를 낸다.

④, ⑤, ⑥번은 주로 사회과학서에서 많이 쓰이는 유형이다. ④번은 그 시점의 사회 문제나 현상을 명쾌하고 단순한 한마디로 명명하는 것인데, 사람들의 가려운 지점을 긁어 주는 바로 그 어휘를 찾아낸다면 사회적으로 굉장히 큰 반향을 불러일으키고 '피로사회'나 '88만 원 세대'처럼 그 시대를 정의하는 말이 되기도 한다. 물론 이는 저자의 몫이기도 하다. ⑥번은 그 분야에서 어느 정도 알려진 저자의 이름 옆에 놓였을 때 효과를 볼 수 있는 제목이다. "다시는 그전으로 돌아가지 않을 것이다" 옆에 권김현영이라는 이름이 놓였기 때문에 맥락이 생기는 것이지 다른 사람의 이름이었다면 '그전이라니?'라는 물음이 따라왔을 수도 있다. ⑦번은 인문교양책뿐 아니라 에세이에도 많이 쓰이는 유형으로 저자가 지닌 특별함, 차별성, 정체성을 강조한 것이다. 남다른 지점을 가지고 등장한 저자의 첫 책인 경우가 많고, 주로 자신의 직업 세계나 정체성 서사를 말한다.

편집자마다 선호하는 유형이 있겠고 그 선호를 실

현해 보는 것이 또 재미이기도 하지만, 책은 하나의 상품인 만큼 개인적인 선호보다는 판매를 극대화할 수 있는 방법을 찾아야 한다. 제목과 관련해 암울한 역사를 많이 지닌 나지만 그래도 개중에 제목이 좋았다는 평을 듣고 판매도 잘되었던 책으로 강상중 교수님의 『나를 지키며 일하는 법』을 꼽을 수 있다. 이 책의 원제는 "역경으로부터의 직업학"으로 직업의 안정성, 나아가 삶의 안정성까지 위협받고 있는 역경의 시대에 '나'를 지키며 일하기 위해서는 나에게 일이란 무엇인지, 일을 통해 어떤 삶을 살고 싶은지를 끊임없이 물어야 한다는 뜻을 담고 있다. 재일 조선인 2세로서 겪었던 차별과 좌절이 천직을 찾는 바탕이 되었던 과정과 그 시기에 읽었던 책이 소개되어 있어 직업 때문에 고민하는 청년과 직장인에게 큰 호응을 얻었다. 사실 나는 이 제목에 영 자신이 없었다. 평소 '~하는 법'과 같은 제목의 책을 잘 사지 않는 편이고(그런 내가 '인문교양책 만드는 법'이라는 책을 쓰고 있다니), '나를 지킨다'라는 표현이 구체적이지 못한 듣기 좋은 말처럼 여겨졌기 때문이다. 다른 한편으로는 너무 팔겠다는 제목 같기도 했다(팔려고 만드는 것인데 이건 무슨 마음인지). 그런데 제목회의에 함께 참여한 편집자, 마케터, 디자이너가 다들 너무 좋아하는 것이었다. 제목안을 내놓은 사람은 계속 반신반의하고, 다른 사람은 다 좋다고 하는 상황이 한동안 이어지다가 결국엔 나보다 남을 믿기로 하고 제목을 확정지었다. 내가 이 책의 핵심 독자가 아니라면 동료의 말에 귀를 기울이는 것도 방법일 수 있다. 텍스트 안에 깊숙이 들어가 있는 사람에게는 보이지 않는, 대략적인 인상이나 거리감 있는 통찰이 귀중한 순간이 있기 때문이다. 그 결정에 적극적인 역할을 한 마케터나 디자이너가 그 일에 좀 더 의욕을 보이게 되는 긍정적인 효과도 있다.

기왕에 이 책의 역할이 실천 방법을 알려 주고, 구체적인 도움을 주는 것이라면 책의 전체적인 연출도 어느 정도 자기계발서 느낌이 나게 하는 편이 좋을 것 같았다. '이 책은 당신에게 이런 걸 알려 줄 것이다'를 쉽고 선명하게 드러내기로 했다. 너무 다 알려 주는 것은 아닐까 싶기도 했지만 구체적인 용도가 있는 책이라면 제품 사양서 같은 연출도 어울릴 듯했다.

제목	(이하 편집자의 의도)
나를 지키며 일하는 법	보편적인 공감을 주면서도 실천 방법을 알려 주는 책이라는 인상.

띠지 앞면

『NHK 직업 특강』 강상중 편 '인생 철학으로서의 직업론' 내일을 알 수 없는 역경의 시대, 어떻게 일할 것인가	다소 막연할 수 있는 제목에 신뢰감을 부여하기 위해 일본의 대표적 방송사에서 강의 형식으로 이야기했던 내용임을 고지 + 책을 요약하는 한 문장.

뒤표지

불안한 시대일수록 더욱더 일의 의미를 물어야 합니다 일이란 사회로 들어가는 입장권이자 '나다움'의 표현입니다	저자의 목소리를 헤드카피로. 본문에서 저자가 사용하고 있는 어투를 그대로 가져와 책의 분위기나 태도를 전하고, 독자에게 말을 거는 효과를 내려는 의도.
• 좌절과 역경 속에서 천직을 찾기까지 야구 선수를 꿈꾸던 재일 한국인 소년 나가노 데쓰오는 어떻게 정치학자이자 도쿄대학 교수 강상중이 되었나	
• 강상중이 제안하는 탄력적인 독서법 천천히 시간을 두고 읽는 책 (전문서나 고전), 어느 정도 집중력을 가지고 읽어야 할 책(일과 관련 있거나 그 주변 영역에 관한 책), 짧은 시간에 대략적으로 훑어보는 책(신서나 소설, 잡지)	이 책이 독자에게 주는 것을 일목요연하게 정리. 뻔한 이야기를 하는 책이 아니라, 저자의 경험에서 비롯한 유용한 지혜를 담은 책임을 전달. 이에 대해 더 자세히 알고 싶으면 이 책을 읽으시라는 뜻.
• 비즈니스 퍼슨에게 추천하는 다섯 권의 책 『삶의 물음에 '예'라고 대답하라』	

| (빅터 프랭클), 『로빈슨 크루소』 (다니엘 디포), 『산시로』(나쓰메 소세키), 『매니지먼트』(피터 드러커), 『거대한 전환』(칼 폴라니) | |
| **• 강상중의 롤 모델, 5인의 역사 속 리더**
벤저민 프랭클린, 이시바시 단잔, 혼다 소이치로, 스티브 잡스, 김대중 | |

띠지 뒷면

일본 독자평	누구에게 어떤 도움이 되는가를 말하는 리뷰 3개 수록.

제목도 그렇지만, 카피도 어떤 정답이 있는 건 아니다. '눈길을 사로잡는 헤드카피, 그 아래에 내용을 간명하게 전달하는 서브카피'와 같은 어떤 규격화한 형식이 있는 것도 아니다. 책장에 꽂혀 있는 책을 하나하나 꺼내 살펴보니 편집자들이 정말 다양한 스타일로 표지를 채우고 있었다. 별다른 카피 없이 뒤표지를 추천사로만 채우기도 하고, 서너 줄의 글로 내용을 잘 요약한 경우도 있었다. 저자의 강렬한 한 문장을 직접 인용하기도 하고, 수상 실적이나 해외에서의 평가를 크게 배치해 눈길을 끌기도 했다. 하늘 아래 새로운 이야기는 없다지만, 이렇게 다양한 방식으로 접근하는 편집자들이 있기 때문

에 모든 이야기가 새로운 얼굴로 등장할 수 있는 것 아닐까. 각기 장단점이 있는데, 나는 기본적으로 책의 핵심을 잘 요약해 전달하는 한두 문장의 헤드카피를 선호하는 편이다. 무슨 이야기를 하는 책인지 정확히 알아야 구매를 하는 독자로서의 성향 탓도 있고, 정리된 한두 문장으로 요약할 수 있어야 내가 내 책을 잘 파악하고 있구나 안심이 되는 편집자로서의 이유도 있다. 예를 들면 이런 카피다.

스스로 뛰어든 징역살이에서 빚어낸
내밀하면서 정치적인 사색의 기록
시공간 탐사부터 몸과 남성성, 환상에 대한 고찰까지
감옥에서 시작해 나, 너, 지금의 우리를 이야기하는
문화인류학적 에세이
— 현민,『감옥의 몽상』표지 및 띠지 카피

한 여성의 숭고한 승리이자 지상에서
가장 용감한 고백록
"내 몸과 내 허기에 관해 고백하려 한다"
— 록산 게이,『헝거』표지 카피

판권 면에 숨겨 두었던 젊은 출판인들의 속엣말

책을 짓고 펴내고 알리는 겹겹의 마음들에 관하여

— 은유, 『출판하는 마음』 표지 카피

내가 잘 알고 있는 저자의 책이라면 온라인 서점의 도서 소개도 읽고 목차도 훑어보는 등 추가적인 노력을 기울이겠지만, 책과 독자가 별다른 사전 정보 없이 만날 때는 제목과 카피가 책을 직관적으로 파악할 수 있게 도움을 주어야 한다. 카피는 책을 팔기 위한 광고 문구이기도 하지만, 편집자가 독자에게 하는 일종의 서비스이기도 하다. 너무 많은 노력을 기울이지 않아도 무슨 책인지 바로 알 수 있게 해 주는 것이다. 그래서 나는 추천사나 서문 등의 텍스트로만 채운 표지는 조금 불친절하다고 생각하는 쪽이다. 그 글들이 아무리 잘 쓰였고, 책의 내용을 훌륭하게 요약하고 있더라도 결국 독자에게 긴 글을 읽도록 요구하는 셈이 되기 때문이다. 자기가 살 책의 표지 글 정도도 못 읽는가 하고 생각할 수도 있지만, 그것은 만드는 사람의 생각이고 사는 사람에게는 읽지 않을 자유가 있고 신속하게 책의 정체를 파악하고 구매 여부를 결정해야 할 필요가 있다.

사람들의 이목을 끌고, 감정을 움직이고, 호기심을

자극하는 카피를 쓰기란 정말 어려운 일이다. 많이 한다고 실력이 팍팍 늘지도 않고, 이런 건 타고나는 사람이 따로 있는 게 아닐까 좌절하는 순간도 많다. 그렇긴 해도 다른 한편으로는 편집자의 재량을 최대한 발휘할 수 있는 고유의 영역이기도 하다. 간혹 표지에 들어가는 문구 하나하나까지 개입하는 저자도 있고, 편집자 쪽에서 저자의 의도에 어긋나는 내용은 없는지 의견을 묻기도 하지만 기본적으로는 편집자가 하는 일이다. 협업을 기본으로 하는 다른 모든 과정과 달리, 제목과 카피를 포함한 표지 연출만큼은 편집자 나름대로 자유롭게 해 볼수 있다. 일부 내용이 상사나 저자, 때로는 마케터의 반대에 부딪칠 수도 있지만, 어쨌든 기본적인 판은 편집자가 짠다. 편집의 전 과정에서 이렇게 혼자 알아서 할 수 있는 영역이 사실 그리 많지 않기 때문에 제대로 못해서 괴로운 가운데서도 짜릿한 재미, 흥분 같은 것이 있다. 아, 이 원고가 내 손에서 이런 옷을 입고 이런 책이 되는구나! 따라서 제목과 카피를 잘 뽑는 비법이 혹시 있다면, 이 작지만 확실한 자유의 공간을 최대한 만끽하며 다양한 시도를 해 보는 것이 아닐까 싶다. 자신이 수개월간 작업한 책인데 달랑 한두 가지 제목과 카피를 들고 회의에 들어가는 건 너무나 성의 없는 일이 아닐까? 나는 팀에서 제목이나 카피가 풀리지 않아 고생하는 동료가 있다면 50개든 100개든, 말이 되든 안 되든 일단 다 적어 보기를 권한다. 그리고 나도 같이 적는다. 개중에는 비웃음을 살 만한 얼토당토않은 것도 있지만 그렇게 막 적다 보면 생각이 넓게 펼쳐져서 예상치 못한 어휘의 조합을 얻게 되기도 한다. 이렇게 저렇게 단어나 문구를 배치하며 최상의 조합을 찾아가는 일은 또 얼마나 재미난가. 아무도 건드리지 못하는 내 영역이라는 배짱, 정해진 형식 같은 건 없다는 자유로움, 할 수 있는 건 다 해 보겠다는 의지가 있다면 최고가 되지는 못해도 점점 나아지는 사람은 될 수 있을 것이다.

{ 12 }
저자가 외국에 있어, 마음껏 연출해 봐

국내서나 번역서나 기본적인 작업 과정은 비슷하지만, 한 가지 아주 큰 차이점이 있다. 바로 저자가 옆에 없다는 것이다. 즉 저자의 눈치를 보지 않고 편집자 나름대로 책의 콘셉트를 정하고, 제목이나 카피, 목차를 새롭게 구성하고, 어울리는 필자를 선정해 추천사나 해제를 받는 등 원하는 그림대로 재량껏 연출해 볼 수 있다. 내용이 기대와 달라도 본문을 어떻게 바꿔 볼 여지가 없다는 면에서는 다소 답답함이 있지만, 책의 메시지를 정리해 표현하고 이미지나 분위기를 만들어 내는 일에서는 좀 더 큰 자유를 누릴 수 있다. 이 글에서는 번역서 작업의 사례를 들어 책의 연출에 대한 이야기를 해 보려 한

다. 당연히 이는 국내 저자의 책에도 적용되는 이야기이고, 저자가 편집자에게 재량을 많이 줄수록 국내외 구분은 큰 의미가 없게 된다.

번역 원고가 입고되고, 교정교열 과정을 거친 뒤에는 각 부나 장의 제목, 그 아래의 중제목, 소제목 등 전반적인 구성을 점검한다. 이는 원고의 성격과 분위기, 각 부분의 기능과 내용, 책이 속할 분야 등을 바탕으로 진행한다. 큰 틀에서야 원서의 구성을 따르겠지만, 각 부분에 붙이는 제목을 어떤 스타일로 잡느냐에 따라 책의 인상이 크게 달라질 수 있다. 원서의 목차가 간단한 명사형으로 되어 있더라도 편집자가 판단하기에 한국 독자가 구체적인 문제 제기나 서술형 제목에 반응할 것 같다면, 그런 콘셉트에 맞춰 전반적인 변화를 주어도 좋다. 각 부나 장의 도입부에 인용문을 넣을 수도 있고, 원서에 없는 도판을 찾아서 시각적인 부분을 강화할 수도 있다.

『사랑을 말할 때 우리가 꺼내지 않았던 이야기들』은 타이완의 저널리스트 천자오루가 장애인 당사자와 가족, 사회복지사, 인권단체 활동가, 특수학교 교사, 장애인을 위한 성 서비스 제공자와 이용자 등을 전방위적으로 취재하고 인터뷰해서 오랜 세월 봉인되어 있던 장애인의 성과 사랑 이야기를 꺼내 놓은 책이다. 원서는

"암흑의 나라"라는 제목처럼 장애인의 성적 욕망과 사랑에 대한 갈망이 무시되고 억압되는 현실을 고발하는 쪽으로 콘셉트를 잡았다. 표지 카피나 목차도 그동안 어둠 속에 묻혀 있던 이야기를 비로소 꺼내 놓는 것에 초점을 두고 있다. 이는 전작 『침묵』을 통해 특수학교 성폭력 사건을 폭로하면서 타이완 사회를 충격에 빠뜨린 저자의 문제의식과 활동의 연장선상에 이 책을 놓으려는 의도였을 것이다.

저자와 전작에 대한 이해가 전혀 없는 우리 독자에게 이 책을 소개할 때는 다른 식의 접근이 필요했다. 외국의 어느 기자가 취재한 심각한 사회 문제라는 느낌보다는 누구나 이야기해 볼 만한 보편적인 주제로 다가갈 수 있으면 했다. 게다가 나는 이 책에서 차별당하고 배제당하는 장애인의 어두운 현실만이 아니라, 다양한 신체와 정신을 가진 사람들이 사랑하고 사랑받기 위해 용감하게 세상으로 나아가는 모습, 자신이 진짜 원하는 것이 무엇인지 끊임없이 물으며 신체의 한계를 넘어 연인이 되고 부모가 되기 위해 과감하게 도전하는 모습이 눈에 들어왔다. 어둠도 분명히 있지만, 그 속에서 살아 숨쉬는 다채로운 욕망과 뜨거운 분투가 더 생생하게 읽혔다. 그래서 한국어판에서는 고발이나 폭로에 앞서 이 책이 '사랑 이야기'임을 강조하기로 했다. 우리가 보고 듣고 즐겨 온 사랑 이야기, 나이나 계급, 국적, 인종을 뛰어넘고 다양한 성적 지향까지 아우르는 모든 사랑 이야기에서조차 빠져 있던 장애인의 사랑 이야기를 전하는 책으로 만들고 싶었다. 그런 생각을 정리해 표지 카피에 표현했다.

	원서(타이완)	국내 번역서
제목	암흑의 나라(어두운 갈색 표지)	사랑을 말할 때 우리가 꺼내지 않았던 이야기들(노란색 표지)
부제	장애인의 성과 사랑	장애인의 성과 사랑 이야기
표지 주요 카피	앞표지 카피: 장애인은 신체의 온도와 쾌락을 갈망하지만 불공평한 이데올로기에 결박된 채 암흑의 나라에 감금되어 영원히 환한 세상을 보지 못하는 처지와 같다. 띠지 카피: 장애인의 성적 욕망은 단단하게 봉인된 듯 들리지도 않고, 감히 누구도 열어 보려 하지 않는다. 특수학교 성폭력 사건을 심층 추적한 『침묵』 이후, 베테랑 기자 천자오루가 부모, 사회복지사, 교사, 장애인 및 관련 단체 종사자 등을 다각도로 특별 취재하여 보도하다.	뒤표지 카피: 내 사랑이 이상한가요? 다양한 신체와 정신을 가진 사람들이 온몸을 힘차게 밀어 찾아나가는 따뜻한 체온과 완벽한 교감의 순간 가장 첨예한 질문을 안고 가장 뒤늦게 도착한 사랑 이야기 + 김원영 변호사의 추천사 뒷날개 카피: 성(性)은 양다리 사이에만 있는 게 아니다. 자아를 탐색하고, 관계를 맺고, 욕망과 어울려 살아가는 모든 인간의 생존 방식이다. + 본문에서 8명의 인터뷰 발췌 인용

제목은 레이먼드 카버의 소설 『사랑을 말할 때 우리가 이야기하는 것』에서 힌트를 얻어 '사랑을 말할 때 우리가 꺼내지 않았던 이야기들'로 정했다. 카버의 소설을 읽었거나 들어 본 사람이 호기심을 갖기를 기대하는 마음도 있었고, 무엇보다 소재 자체가 갖는 무겁고 부담스러운 느낌을 덜고 싶었다. 긴 제목을 택했다가 낭패를 본 경험이 있어 더 좋은 안이 나오기를 기다리며 일단 적어 두었던 것인데, 어쩐지 끝까지 마음이 갔다. 그에 앞서 '사랑 앞의 평등'이나 '사랑할 권리' 같은 제목을 적어 보기도 했지만 간명하기는 해도 단정적이고 선언적인 느낌이라 이 책과는 어울리지 않는 것 같았다. 이 책은 어떤 당위나 주장을 내세우기보다 다양한 목소리를 드러내려는 의지로 쓰였기 때문이다.

앞서 인문교양책은 우회적이거나 함축적인 제목보다 책에서 주장하는 바나 소개하는 내용을 선명하게 제시하는 쪽이 덜 위험하고 후회도 적다고 말했지만, 그럼에도 택하고야 마는 제목이 있고 나에겐 이 책이 그런 경우였다. 책의 성격상 불특정 다수의 독자 앞에 대량으로 놓이기보다 일정한 규모의 독자가 추천이나 소개를 통해 읽게 될 것이기 때문에 어느 정도 모험을 해도 괜찮을 것 같았고, 무엇보다 내가 이 제목이 좋았다. 결과적으로 잘한 일이었는지 아니었는지는 지금의 내가 판단하기 어렵다. 책이 잘 팔리지 않는 것 같으면 조금은 후회할 것이고, 누군가 정말 잘 읽었다고 말하면 나쁘지는 않았나 보다 하고 생각할 것이다. 물론 '아니면 말고'라는 뜻은 아니고, 책의 운명을 해치지 않는 선에서 이런저런 시도를 해 보는 것, 한 권의 편집이 끝났을 때 자기 안에 어떤 이야기가 남는 것이 좀 더 재미있게 일하는 방법이 아닐까 생각한다.

다시 앞의 표로 돌아가서, 목차는 내용을 좀 더 구체적으로 드러내면서 이 책의 이야기가 어떤 사회적 담론 가운데 놓이는지 짐작할 수 있는 어휘로 변화를 주었다. 특히 여성 장애인이 놓인 이중 삼중의 차별 상황을 다룬 5장부터 장애인을 위한 성 서비스라는 논쟁적인 주제를 제시한 6장과 7장의 변화가 큰 편이다. 뒤표지에는 김원영 변호사님의 추천사도 실었다. 책의 맨 앞에 넣은 '읽기 전에'라는 해제 성격의 글에서 발췌한 것이다. 이 책에서 제시하는 장애인의 성과 사랑에 관한 다양한 쟁점이 『실격당한 자들을 위한 변론』 후반부의 이야기와 긴밀하게 연결될 뿐 아니라, 우리 사회에서 장애인을 욕망을 가진 주체로서 단단히 세우고 자신의 글과 삶을 통해 그것을 직접 보여 주는 대표적인 사람이 김원영 변호사님이기 때문에 추천사를 쓰기에 그보다 더 적절한 필자는 없다고 생각했다. 기왕에 쓰는 것이니 이 주제에 처음 진입하는 독자가 어떤 구체적인 상황과 논점이 있는지를 파악하고, 타이완과 비교해 한국 사회의 현실은 어떠한지 살펴볼 수 있도록 길잡이 역할을 하는 글을 써 달라고 요청했다. 이에 김원영 변호사님은 이 주제 안에 들어와 있는 여러 논의를 아우르면서 편집자의 콘셉트와도 연결되는, 용기 있는 사람들이 펼쳐 보이는 새로운 세계에 초점을 맞춘 글을 써 주셨다.

인문교양책의 경우에는 저자의 주장이나 관점을 어느 분야, 어떤 맥락에 놓을 것이냐를 고려해 추천사 필자를 선정한다. 해당 분야 전문가 중에서 저자의 입장을 지지해 줄 수 있는 사람, 저자의 구체적인 논의를 좀 더 폭넓은 맥락에서 이야기해 줄 수 있는 사람, 저자가 내놓은 제안이나 질문에 응답할 수 있는 사람 등이 후보군이 된다. 추천사를 여러 명에게 받는다면, 인지도가 있어 좀 더 많은 독자와 연결해 줄 수 있는 필자를 전략적으로 배치할 수도 있다. 노명우 교수님의 『인생극장』은 저자와 비슷한 연배라 부모 세대의 경험이나 가치관에 대한 공감대가 높고 한 사람의 유년기, 청년기의 경험이 그의 전 생애에 미치는 영향을 살필 수 있는 소아

정신과 전문의 서천석 선생님, 그리고 한국 영화사의 주요 흐름을 잘 알고 있는 명필름 심재명 대표님의 추천사를 받았다. 『실격당한 자들을 위한 변론』은 노명우, 김현경 두 연구자의 추천사에 더해 '책발전소' 김소영 대표님의 글을 받았다. 저자나 주제와 접점은 별로 없었지만 자신이 꾸린 공간에서 좋은 책을 소개하겠다는 의지로 독자의 호감을 얻기 시작한 분이었기 때문에 그런 취지를 밝히며 글을 부탁드렸다. 『아이들의 계급투쟁』은 교육과 계급 재생산 문제에 대해 꾸준히 발언해 온 엄기호 선생님께 부탁을 드렸다. 저자 브래디 미카코가 이 책의 제목을 통해 궁극적으로 하려는 말에 초점을 맞추고 싶었기 때문이다. 추천사가 너무 많아지다 보니 영향력도 줄어들고, 많이 쓰는 필자에게서는 식상한 느낌을 받기도 하지만 그래도 인지도가 약한 저자나 알려지지 않은 번역서를 소개할 때는 책이 놓일 자리를 찾는데 여전히 의미 있는 역할을 한다고 생각한다. 누구에게 추천사를 받을지 고민하는 일은 한 권의 책이 갖춰야 할 논리, 맥락을 구축하는 과정이기도 하니 기회가 닿는 대로 꾸준히 시도해 보는 것이 좋다.

번역서를 소개할 때 추천사나 해제 이외에 시도해 볼 수 있는 것으로 해당 주제와 관련한 국내 상황을 다룬 부록을 마련하는 방법도 있다. 몇 년 전에 『빅데이터 인문학: 진격의 서막』이라는 번역서를 작업한 적이 있다. 하버드대학교의 두 젊은 과학자가 구글이 디지털화한 800만 권(2015년 당시)의 책을 검색할 수 있는 '구글 엔그램 뷰어'를 개발한 과정과 그 빅데이터를 활용해 인문학 연구에서 시도할 수 있는 일을 소개한 책이었다. '빅데이터'가 사회적으로 이슈가 된 지는 꽤 오래되었지만 인문학의 영역에서 빅데이터를 다룬 책은 처음이었고, 구글이 디지털화한 외국어 자료는 국내 독자에게 다소 거리가 느껴질 수 있기 때문에 징검다리 역할을 해줄 장치가 필요하다는 생각이 들었다. 그래서 국내 전문가의 좌담을 수록하기로 했다. 빅데이터 전문가인 다음소프트 송길영 부사장님, 인문학 연구자 천정환 교수님, 실제로 한국사 연구에 빅데이터를 활용하고 있는 허수 교수님, 이 책의 번역가인 『경향신문』 김재중 기자님을 모시고 한국 인문학의 빅데이터 활용 현황과 향후 전망에 대해 이야기를 나누었다. 마케팅 도구로만 생각했던 빅데이터가 역사와 문화를 읽는 데 얼마나 유용한 수단이 될 수 있는지를 확인했던 그날의 흥미진진한 대화는 책 뒤에 부록으로 수록되었고, 독자들에게 좋은 평가를 받았다. 이 좌담에 송길영 부사장님이 참여했던 것은 마케팅 측면에서 여러모로 도움이 되었다. 업계 전문가인 데다가 대중에게도 많이 알려진 분이었기에 책의 접근성을 높이는 데 큰 기여를 했다.

이후 다른 번역서를 진행하면서 또 한 차례 송길영 부사장님께 추천사를 받고 저자와의 합동 강연까지 함께한 일이 있는데, 이렇게 어떤 한 책에서 시도했던 일이 다음 책으로 연결이 되기도 하니 손익분기 표에 나오는 숫자만으로 어떤 일의 진행 여부를 결정할 일은 아니라고 생각한다. 적절한 한계 안에서, 때로는 그 한계를 살짝 넘게 되더라도 책의 품질을 높일 다양한 방법을 찾아보는 일은 눈앞의 바로 이 책뿐 아니라 이후의 책에도 크고 작은 도움이 된다.

번역서는 높은 선인세를 지불하고 들여오는 일부 빅 타이틀을 제외하고는 편집자의 역량에 많은 부분이 좌우된다. 강연회나 인터뷰 등 저자를 중심에 둔 마케팅을 할 수 없기 때문에 편집자가 정리한 콘셉트와 제목, 카피를 다양하게 변주하며 독자에게 어필하는 수밖에 없다. 얼핏 보면 이미 다 만들어져 있는 책을 언어만 바꿔서 내는 수동적이고 닫혀 있는 일 같지만, 알고 보면 편집자의 더 섬세하고 세련된 감각이 필요한 작업이다. 실제로 해외에서 많은 추천을 받고 수상 실적도 있는 책이 매력적인 옷을 입지 못해 국내에서 실패하는 사례도 많고, 특별히 눈에 띄지 않았던 책이 편집자의 손을 거쳐 지금 이 시점에 국내 독자의 요구에 딱 들어맞는 책으로 탈바꿈하기도 한다. 저자와 함께 글감을 찾고, 구성을 하고, 원고를 주고받으며 책의 꼴을 만들어 가는 능력은 당연히 국내서 작업에서 키워지지만, 정해진 텍스트라는 한계 안에서 책의 핵심을 파악해 매력적인 외피를 입히는 능력은 번역서 작업을 통해 단련할 수 있다. 그러니 번역서 작업을 오역 줄이기나 잘 다듬어진 한국어 문장에만 한정해서 이야기하기보다는 이미 한 차례 완성된 결과물을 다른 환경과 조건에 어울리는 모습으로 변형하고 연출하는 기회라고 생각한다면 한층 더 도전적이고 흥미진진한 과정으로 받아들일 수 있을 것이다.

지독한 주관의 세계

앞의 글에서 한 가지 빠진 이야기가 있다. 마치 편집자가 스스로 판단해 결정하면 일이 다 끝나는 것처럼 적어 놓았으니 말이다. 담당 편집자가 편집장이나 주간, 대표가 아닌 이상은 아마 여러 길목에서 '컨펌'이라는 과정을 만날 것이다. 나름대로 확실한 콘셉트를 가지고 잘 정리했다고 생각했는데, 쉽사리 컨펌이 나지 않아 이런저런 수정을 하고 대안을 마련하다 보면 어느 순간 늪에 빠져 버린 것 같은 기분이 들기도 한다. 그러다 이렇게 계속 고치고 다시 쓰는 과정이 과연 책을 위한 일인지, 컨펌을 위한 일인지 스스로도 알 수 없는 지경에 이른다.

기본적으로 컨펌의 주체가 너무 여럿이거나 담당

자가 아닌 사람의 입김이 센 조직은 좋은 판단을 하기 어렵다. 담당자가 팀장 및 팀의 구성원과 충분한 논의를 거쳐 최선의 안을 도출했다면 이후는 확인과 점검의 과정이면 족하다. 경험이 많고 지혜로운 상급자가 줄 수 있는 조언이 분명 있지만, 그래도 항상 중심은 담당 편집자여야 한다. 원고를 거듭 읽고 고민하고 표현해 본 사람이 가장 본질에 가까운 안을 도출할 수 있기 때문이다. 상급자는 담당자가 구축한 논리를 충분히 듣고 거기서 어떤 모순이나 오해를 살 만한 표현, 더 나은 맥락을 발견해 주는 역할에 머무는 편이 좋다. 만약 적극적인 개입을 원한다면 작업이 진행되는 과정에서 꾸준히 관심을 갖고 원고를 함께 읽으며 고민하는 방식이어야지, 막바지 단계에서 갑자기 등장해 전체 콘셉트를 뒤흔들어 버리면 일이 산으로 가기 딱 좋다. 담당자는 망연자실한 상태가 되고, 나머지 사람은 원고에 대한 장악력이 부족하기 때문에 좋은 안을 도출하지 못한다. 그렇게 몇 주일을 보내다가 이도 저도 아닌 상태로 마감을 하고는 두고두고 가슴 아파하는 경험을 아마 한두 번씩은 다 해 보았을 것이다. 이렇게 해서 결과가 좋지 않을 경우, 갑자기 등장한 상급자가 그 결과를 책임져 주는 일은 별로 없다.

의사 결정 구조를 단순하게 하고 담당자의 판단과 결정을 존중하는 것이 조직이 해야 할 일이라면, 담당 편집자는 상급자뿐 아니라 디자이너, 마케터 등 여러 파트너에게 자신이 완성한 결과물에 대해 간명하게 전달하고 이후 함께해야 할 일이 무엇인지 구체적으로 말할 수 있어야 한다. 반대 의견을 돌파해 나갈 만한 확신이 없다면 어느 순간 제목과 카피에 대한 주도권을 잃게 될 수도 있다. 내 책인데 내가 어쩌지 못하고 성에 차지 않는 제목이나 카피를 앉힌 채 진행되는 과정을 물끄러미 바라보게 될지도 모른다. 혹은 컨펌을 받아 내기 위해, 상급자의 맘에 들기 위해 이리저리 안을 바꿔 보다가 디자이너와도 틀어지고 마케터에게서는 신뢰를 얻지 못할 수도 있다.

확신을 갖고 다른 사람을 설득한다는 게 말처럼 쉬운 일은 아니다. 무엇보다 제목이든 카피든 표지 디자인이든 우리가 하는 모든 일이 정답이 없는, 지극히 주관적인 의견 사이에서 최선의 안을 찾아 나가는 과정이기 때문이다. 출판사에는 다양한 연령대의 서로 다른 취향을 가진 구성원이 모여 있다. 특히 대표나 편집장, 팀장급과 신입 직원은 서로 감각도 관점도 판이하게 다른 경우가 많다. 누구의 잘못도 아닌, 이 근본적이고 좁혀지지 않는 차이가 책의 후반부 작업에서 무수한 갈등을 일으킨다. 상급자의 "별론데? 안 예쁜데. 이거 아니잖아"라는 모호한 한마디에 실무자들은 무엇을 어디서부터 다시 해야 할지 막막한 상황에 놓인다. "이건 이런 의도를 가지고 쓴 카피인데요. 여기서 글자를 키우면 전체 구도가 깨집니다. 이건 촌스러운 게 아니라 레트로한 거라고요"와 같은 담당자의 저항에 편집장이나 대표는 불쾌감을 느낀다. 이러한 충돌을 더 이상 견딜 수 없게 되면 아마 퇴사나 창업을 하게 될 것이다.

이런 갈등에 뚜렷한 해결책이 있을까. 직급을 파괴하고 서로를 닉네임으로 부르는 회사에도 아마 이런 문제는 다 있을 것이다. 서로의 영역과 의견을 존중하고, 자신의 판단이 섣부르거나 부족할 수 있음을, 자신의 감각이 낡았거나 후퇴했을 수도 있음을 인정하는 연습을 하는 길밖에 없다. 나는 경력이 많은 사람이 반드시 책을 잘 만드는 것은 아니라고 생각한다. 실제로 내 경력의 반도 안 되는 편집자들이 매력적인 콘셉트의 눈에 띄는 책을 척척 만들어 내는 모습을 SNS를 통해 많이 본다. 사람들이 읽고 싶어 하는 이야기, 우리 사회에 필요한 이야기를 잘 찾아내 감각적인 편집으로 선보이는 모습이 얼마나 당당하고 멋진지 모른다. 인문교양책은 생각보다 꽤 많이 트렌디한 분야라 사람이 많이 모이는 곳, 많이 하는 이야기에 발 빠르게 반응하는 사람이 읽을 만한 책을 잘 만드는 게 어쩌면 당연한 일일 수 있다. 그러니 경력이 많다고 해서, 직급이 높다고 해서 의사 결정 과정에서 주도권을 가지려고 해서는 안 된다. 어느새 내 감각이 낡았을 수도 있고, 내가 쥔 작은 권력이 내 눈을 가리고 있는지도 모른다는 경계심을 늘 가져야 한다.

글을 쓰다 보니 자꾸 상급자의 위치에 있는 사람에게만 뭘 요구하는 모양새가 되는데, 경력이 적고 직급이 낮은 사람은 굳이 말하지 않아도 다른 사람의 말에 귀를 기울이고 의중을 파악하고 조언을 반영하려 애를 쓰기 때문이다. 나도 종종 팀원에게 "이렇게 바꿔 보는 게 좋지 않을까요?"라고 제안했다가 "네, 그렇게 바꿀게요!"라는 답이 곧바로 돌아오면 깜짝깜짝 놀라곤 하는데, 느슨하게라도 상하 관계가 형성되면 제안이 곧 지시로 들리기 쉽다는 걸 매번 새삼 깨닫는다. 따라서 경력이 적은 실무 담당자에게 필요한 것은 열린 귀보다는(이미 쫙 열려 있으므로) 사려 깊은 조언과 얼토당토않은 딴죽 사이에서 흥분하지 않고 유연하게 대처하며 가능하면 자신의 생각에 가까운 쪽으로 결론을 이끌어 가는 수

완이다. 한 조직에서 일정 기간 일을 하면 같이 일하는 사람의 성향을 어느 정도 파악하게 된다. 상급자의 컨펌을 빨리 받아 내는 길, 디자이너가 자신의 최선을 발휘할 수 있게 독려하는 길, 마케터가 내 책에 좀 더 신경 쓰도록 유도하는 길을 익혀 가는 것도 편집자가 해야 할 일이다. 주관이 뚜렷하고 개성이 강한 사람이 모여 있는 출판사라는 공간에서 지독한 주관의 세계를 돌파하기 위해서는 책 만드는 일 이외에도 해야 할 일이 아주 많다.

독자를 만나러 가는 길

편집자와 디자이너, 우린 제법 잘 어울려요

완성된 원고는 디자이너의 손을 거쳐야 비로소 책이 된다. 이 간단한 한 문장만으로도 편집자와 디자이너가 얼마나 긴밀한 관계인지 알 수 있다. 본문에 요소가 많지 않은 문학 분야나 일정한 형식을 정해 놓고 후속권을 붙여 가는 총서에 비해 여러 분야에 넓게 걸쳐 있는 단행본 인문교양책은 주제와 형식, 서술의 톤, 구성 요소 등에 따라 다양한 시도가 가능하고, 그만큼 편집자와 디자이너가 나눠야 할 이야기가 많다. 특히나 상당수의 책이 분량이 많고, 주제의 폭도 넓으며, 때로는 학술적 성격을 띠기도 하기 때문에 편집자가 책의 전모를 간결한 언어로 전달하는 일이 굉장히 중요하다. 어느 분야에 놓일 어떤 주제의 책이고, 본문에 필요한 장치는 무엇이며, 어떤 독자가 읽을 것인지, 비슷한 책으로는 어떤 것이 있는지 등을 작업 초기부터 공유하고 일을 진행해야 뒤늦게 큰 폭의 수정을 한다거나 책과 동떨어진 표지가 나오는 상황을 막을 수 있다.

여기까지는 편집자의 입장에서 할 수 있는 아주 기초적인 이야기이다. 그렇다면 과연 디자이너는 인문교양책 작업에 대해 어떻게 생각할까? 어떤 점이 즐겁고, 또 어떤 점이 어려울까? 혹시 싫어하는 편집자 유형이 있을까? 이런 것이 궁금해 그동안 같이 일했던 네 디자이너에게 몇 가지 질문을 던져 보았다. 두 사람은 회사에 소속되어 일하는 디자이너이고 두 사람은 프리랜서 디자이너이며, 경력은 6~7년에서 20년 이상까지 넓은 범위에 걸쳐 있다. 먼저 인문교양책의 재미난 지점에 대해 물어보았다. 디자이너가 어떤 점에 재미를 느끼는지 안다면 편집자로서 그 부분에 대해 디자이너와 좀 더 적극적으로 의견을 나눌 수 있고 여러 가지 시도를 해 볼 수도 있기 때문이다.

흥미롭게도 디자이너에게는 인문교양책의 재미난 점이 또한 어려운 점이기도 했다. 본문은 위계가 많은 구조에 구성 요소도 다양해 여러 가지 시도를 할 수 있고(한 디자이너는 이를 "구조의 미학"이라고 표현했다), 표지에서는 어떤 추상적인 주제에 대해 깊이 생각하고 그것을 시각화한 이미지로 구현해 볼 수 있어 굉장히 도전적이면서도 흥미로운 작업이라고 했다. 게다가 주제나 분야가 다양하기 때문에 표현할 수 있는 이미지도 많고, 때로는 그 이미지를 타이포그래피로 구현할 수도 있어 여러 선택지를 떠올린 뒤에 자기 나름대로 최종안으로 좁혀 가는 과정이 늘 기대가 된다고 했다. 인문교양 책의 이 다양하고 복잡한 특성은 편집자와의 관계에서도 주요하게 작용한다. 편집자가 본문의 위계를 잘 파악해 각각을 정확하게 구분하고, 정리된 상태로 넘겨주면 디자이너는 그 위계에 따라 수월하게 구조를 짤 수 있고 서체 정리도 쉽다. 원고가 덜 완성된 상태로 일단 조판부터 해 보자며 본문 시안을 요구하거나, 위계를 알아보기 어렵게 글을 늘어놓으면 같은 일을 여러 번 다시 해야 하는 상황이 되기 때문에 곤란하다. 여기서 최악은 편집자 스스로 구조를 짜지 못하고 이렇게도 한 번 해서보고, 저렇게도 한 번 해서 보자며 편집자의 머리에서 정리되어야 할 부분을 디자이너의 손을 통해 해결하려고 할 때라고 한다(한 디자이너는 이렇게 표현했다. "제일 싫은 건 일단 던지고 보는 유형! 막 던지는 건 디자이너의 에너지를 빼앗는 일!”).

경력과 경험이 많은 한 디자이너는 이 모든 것이 한 두 장의 디자인 발주서에 깔끔하게 정리되어 넘어올 때 가 가장 일하기 좋다고 말했다. 자신을 신뢰하며 전적으로 맡기는 편집자도 있고, 문서보다는 몇 마디 말로 핵심을 전하는 편집자도 있지만 그런 예외적인 상황의 즐거움과 발견을 염두에 두더라도 기본은 명쾌한 한두 장의 문서라고 했다. 이 문서에는 편집자와 디자이너가 공유해야 할 모든 내용, 다시 말해서 주제, 간략한 내용 소개, 세부 분야(구체적으로 어느 매대에 어떤 책들과 놓일지), 저자 정보, 편집자가 생각하는 판형, 원하는 방향이나 분위기, 꼭 들어갔으면 하는 요소, 활용할 수 있는 이미지 등이 한 번에 다 들어가 있어야 한다. 이 문서 하나만 있으면 어떤 책인지, 편집자 혹은 출판사는 무엇을 원하는지를 한눈에 알 수 있도록 말이다. 출판사 내부 디자이너는 물론이고 프리랜서로 일하는 디자이너는 더더욱 여러 권의 책을 동시에 진행하기 때문에 세부사항까지 다 기억하고 있기 어렵다. 때문에 언제든 손에 들면 '아, 그래 이런 책이지'를 바로 파악할 수 있는 문서가 대단히 중요하다. 표지 시안이 나오기까지는 편집자혹은 출판사의 의지와 디자이너의 욕망이 함께 작용하기 때문에, 작업이 산으로 가지 않으려면 양쪽이 단단하게 공유하는 중심이 있어야 한다. 사실 나는 어떤 양식에 맞춰 쓰는 것을 별로 좋아하지 않아, 꽤 오랫동안 내심 '옆에 가서 책에 대해 충실히 설명하고 서로 의견을 나누는 게 좋지, 정해진 양식에 형식적으로 적는 내용이 무슨 효과가 있나'라는 생각을 해 왔다. 그런데 점점 더 많은 디자이너가 정리된 문서를 원했고, 나도 그에 적응해 왔는데 이번 대화를 통해 그 이유를 제대로 알게 되었다. 문서로 달라는 건 대화를 하지 않겠다는 뜻이 아니라, 대화가 시작될 공통의 기초를 마련하겠다는 뜻이었다.

다음은 몇 년 전에 내가 썼던 본문 디자인 의뢰서를 요약한 것이다(실제는 좀 더 길게 썼지만 여기에 필요한 부분만 간추렸다). 모든 책의 발주서를 이렇게 자세하게 쓰지는 않고, 회사 내부 디자이너와 소통할 때는 아래아한글로 편집한 원고를 출력해서 들고 가 펜으로 표시해 가며 설명하는 게 더 직관적이고 분명할 때도 있다. 하지만 어떤 요소를 공유해야 하는지 살펴볼 수 있는 자료가 될 것 같아 가져와 보았다. 이 책은 도표와 그래프 등 본문에 요소가 많아서 특별히 더 자세하게 썼던 것으로 기억한다.

『빅데이터 인문학』(가제) 본문 디자인 의뢰서

· 원고 내용(두세 단락 정도의 요약)
· 목차
· 출간 일정
· 원고 구성 및 요청 사항
① 분량: 원고지 약 1,400매(350~400쪽)
② 분야: 교양인문학(메인)/디지털 문화, 미래 예측, 트렌드(서브)
③ 특징: 도서관의 장서들, 문법의 변화, 인물, 역사적 사건 등 '인문학적'
소재들을 놓고 이야기를 전개하지만, 일반적인 인문서와는 차별점이
있다. 구글에서 디지털화한 800만 권의 책 데이터를 엔그램 뷰어라는
프로그램을 통해 분석하고 있기 때문에 IT와 수학, 언어학 지식들이
활용되고, 읽는 사람에 따라서는 경영학적인 인사이트를 얻을 수도 있다.
그러므로 좀 더 폭넓은 대중이 읽을 수 있는, 접근성과 가독성이 높은
디자인이 필요하다. 도표나 그래프, 인포그래픽을 적극적으로 활용해서
시각적으로 참신하고, 경쾌한 느낌이 나면 좋을 듯하다.
　　* 참고도서: 『신호와 소음』(더퀘스트), 『빅데이터, 경영을
　　　바꾸다』(삼성경제연구소), 『여기에 당신의 욕망이
　　　보인다』(쌤앤파커스), 『어디 사세요?』(사계절), 그 밖에 애플이나
　　　구글, 아마존 관련 경제경영 분야 도서들
④ 구성 요소: 본문(1~7장), 1~6장 맨 뒤에 들어가는 별면(도표 하나와
그에 따르는 설명, 본문 내 부록의 역할, 서체, 자간, 레이아웃 등을
본문과 다르게), 부록(텍스트 없이 그래프만 40개), 감사의 말, 주석,
옮긴이 후기(미입고), 대담(추후 진행), 색인
⑤ 주석: 217개의 원주, 47개의 역자 주. 원주, 역자 주 구분하지 않고
대부분 미주로 돌리고, 본문을 읽는 데 꼭 필요한 최소한의 주석만 각주로
남김(미주는 번호, 각주는 기호). 대부분의 저자 주에는 제목이 달려 있음.
볼드를 주거나 서체를 바꿔서 제목임을 드러내 줘야 함.
　　* ex. 데이터 공유의 문제. 가장 경험적인 데이터세트는 아직 광범위하게
　　　접근할 수 없음에도 불구하고 소셜 네트워크는 풍부한 연구 영역을

남긴다. 예를 들어……

⑥ 도표와 그래프: 88개(본문 40개, 부록 48개)의 그래프, 1개의 표.
원서의 그래프는 모두 특정한 단어나 문구의 역사적 추이를 살펴보는
동일한 형식(구글 크롬에서 https://books.google.com/ngrams 접속해서
아무 단어나 넣어 보면 그래프가 나옴). 원서 혹은 웹상의 엔그램
그래프를 그대로 쓸 것인지, 아니면 일부를 인포그래픽으로 작업해서
다른 시각적 효과를 줄 것인지 고민 필요. 내부에서 그릴 것인지, 외주를
줄 것인지 협의한 후 진행.

⑦ 사용 서체, 병기 방식

　한자 병기

　* ex. 천안문天安門

　영문 병기

　* ex. 도넛Donut, 『자유의 함성Battle Cry of Freedom』

　- 영문 노출: 영문이 그대로 노출되고 뒤에 우리말 뜻이 올 때는
　괄호 살림.

　* ex. 우리는 'quiescence(침묵, 정적)'는 거의 듣지 못한다.

　- 한글+영문에 밑줄: 원서의 이탤릭체 부분은 원어를 노출하고
　밑줄을 그어 표시.

　* ex. 오늘 나는 노래 부른다sing, 어제 나는 노래 불렀다sang,
　노래가 불렸다sung

앞서 말했듯이 문서는 대화의 시작점일 뿐이다. 디자인
은 텍스트와 이미지만 가지고 하는 일이 아니라, 그것을
맡긴 사람과도 하는 일이기 때문에 편집자와 디자이너
의 밀도 높은 대화는 좋은 결과물을 내는 데 매우 중요

한 요소다. 인터뷰한 네 명의 디자이너 가운데 둘은 최근 3~4년간 한 회사에서 여러 권의 책을 함께 만든 사람들이다. 앞서 소개한 『인생극장』, 『영화의 얼굴』, 『영화하는 여자들』은 홍경민 디자이너와 함께, 『실격당한 자들을 위한 변론』, 『아이들의 계급투쟁』, 『사랑을 말할 때 우리가 꺼내지 않았던 이야기들』, 『사이보그가 되다』는 김민해 디자이너와 함께 만들었다. 서로 접점이 있는 책들을 잇달아 작업하면서 같이 고민하고 대화하고 시도한 시간들이 쌓여 결과물은 점점 더 나아졌다.

SNS에서 '영화 삼남매'라고도 불렸던 앞의 세 책은 홍경민 디자이너가 영화 마니아이기도 해서 도판은 물론 본문 내용에 관해서도 적극적으로 의견을 나누며 책의 꼴을 잡아 갔다. 영화도 잘 알고 이미지도 잘 다루는 디자이너가 옆에 있으니 겁날 게 없었다. 뒤의 네 권은 장애, 계급, 소수자의 경험 등 주제 면에서 이어지는 책들이었다. 작업 초반 사회과학책의 추상적인 개념을 시각화하는 것을 다소 어려워했던 김민해 디자이너는 원고를 거듭 읽고 편집자와 대화를 나누며 점차 자기만의 표현 방식을 찾아 나갔다. 가장 최근 작업인 『사이보그가 되다』에 이르러서는 편집자가 간략한 스케치만 해주어도 적절한 이미지와 표현 방식을 찾아내 '이제 이 사람이 어떤 경지에 오른 것이 아닌가' 하는 느낌마저 주었다.

　이런 경험을 돌이켜 보면, 편집자와 디자이너는 여러 작업을 함께하며 서로의 일하는 방식이나 표현법에 익숙해지고, 관심사나 새로운 발견 같은 것들을 공유하며 장기간에 걸친 대화를 나눌 때 가장 만족스러운 성과를 낼 수 있지 않을까 생각한다. 조직의 규모에 따라 디자이너와 관계 맺는 방식이 저마다 다를 테지만, 어떤 환경이나 조건에서도 중요한 것은 서로에게 좋은 대화 상대가 되는 일이다.

본문과 표지 디자인은 원고 상태의 글이 독자를 만나기 위한 채비를 하는 과정이다. 독자가 가장 읽기 좋은 환경과 소장하고 싶은 물성을 만들어 가면서 약속한 일정과 적절한 비용까지 고려해야 하는 매우 까다로운 일이다. 게다가 이 과정을 함께하는 편집자와 디자이너가 꽤 다른 성향의 사람이라 세게 부딪치고 깊이 상처받는 일을 자주 본다. 편집자와 디자이너 사이에 문제가 발생하는 경우는 크게 두 가지로 나뉜다.

　하나는 내 영역을 존중하지 않는다는 느낌을 받았을 때. 편집자와 디자이너는 서로에게 유일한 상대가 아니기 때문에 A디자이너와 B편집자가 만났을 때, A디자이너와 C편집자가 만났을 때 등 그 조합에 따라 조금씩 다른 방식으로 일이 진행되기 마련이다. 그러므로 서로의 영역이 어디까지인지, 그에 대해 상대는 어떻게 생각하는지, 내가 예전에 일했던 디자이너(혹은 편집자)와 지금 이 사람은 같은 기준을 가지고 있는지 아닌지 등을 계속 가늠하며 일을 해 나가야 한다. 충돌하는 상황을 들여다보면 "화가 섭외는 디자이너가 해야 하는 것 아니냐", "책의 전체 콘셉트를 결정하는 편집자가 해야 할 일이다", "제목도 확정 짓지 않고 시안을 내놓으라고 하느냐", "저자의 무리한 요구에 대해 편집자가 왜 중재하지 않느냐"와 같은 대화가 흔히 등장한다. 각자 일해 온 환경과 이력에 따라 어디까지가 내 일인가, 어느 단계에서 할 일인가에 대한 기준이 다 다르기 때문에 작업 초기에 많은 이야기를 나누고 적절한 선을 확인해 두는 게 좋다. 편집자와 디자이너는 이렇게 소통해야 한다며 기본적인 원칙이나 매뉴얼을 설정할 수는 있겠지만, 결국 일은 구체적이고 개별적인 사람과 하는 것이기 때문에 매 작업에 어울리는 방식을 유연하게 찾아 나가는 태도가 필요하다.

　　편집자와 디자이너가 충돌하는 두 번째 상황은 일

정에 큰 변동이 생겼는데 그것이 잘 공유되지 않거나 무리하게 일을 진행시키려 할 때다. 출판 일의 특성상 처음 정한 일정대로 순조롭게 책이 나오는 경우가 오히려 드물다. 저자가 글을 못 쓰기도 하고, 발주한 그림이 들어오지 않거나 예상과 너무 다른 방향이라 수정이 불가피한 상황이 발생하기도 한다. 원고 상태가 좋지 않아 교정에 오랜 시간이 걸릴 수도 있다. 이런 상황이 발생하는 것 자체가 문제라기보다 달라진 상황을 신속하게 공유하고 이후의 일정을 조정해야 하는데, 그 일이 제때 이루어지지 않으면 작업과 감정이 함께 꼬이기 시작한다. 편집자나 디자이너나 여러 권의 책을 동시에 진행하기 마련이고, 적어도 몇 개월 치의 일정이 확정되어 있다 보니 하나가 삐끗하면 이후가 전부 흔들린다는 불안감이 어느 정도씩은 다 마음속에 있다. 그래서 자칫 자기도 모르게 상대를 닦달하며 무리한 일정을 요구하기 쉽다. '이날까지는 꼭 나와야 하는데', '지금 다른 작업도 들어가야 하는데', '이거 진짜 중요한 책인데', '난 이 책보다 저 책에 좀 더 시간을 쓰고 싶은데' 같은 마음이 뒤엉켜 불필요한 말을 하고, 서로에게 상처를 주게 된다. 이런 경우에도 해결책은 서로가 서로를 계속해서 살피는 데 있다. 감시를 하라는 게 아니라, 상대가 어떤 상황인지를 확인하며 수시로 이야기를 나누어야 한다는 말이다. 일정이 충돌하여 다른 팀의 협조를 구해야 한다면, 그 팀까지 같이 모여 앉아 의논을 하고 현실적이고 합리적인 대안을 마련하는 것이 좋다. 이게 무슨 세상에 없던 법칙을 발견하는 일이 아니기 때문에 머리를 맞대고 이야기를 나누다 보면 어떻게든 답은 나오게 되어 있다.

서로 일하는 방식만 잘 맞추면, 새로운 시도도 해 볼 수 있고 추상적인 주제가 딱 맞는 이미지를 만났을 때의 짜릿함도 맛보며 일할 수 있는 게 디자인 과정이다. 내가 텍스트로만 늘어놓았던 것을 디자이너가 명쾌한 구조와 강약에 따라 배치해 놓은 걸 보며 감탄하는 순간이 많다. 나와 전혀 다른 방식으로 사고하는 사람이 일하는 모습을 지켜보는 건 또 얼마나 재미난 일인가. 편집자와 디자이너는 서로에게 도통 이해할 수 없는 뇌 구조를 가진 사람처럼 보이기도 하지만, 그렇기에 더욱 서로가 볼 수 없는 것을 보여 주는 좋은 파트너가 될 수 있다. 이 관계를 잘 이끌어 가는 편집자는 파일로만 존재하던 원고가 책이 되는 과정에 필요한 것이 무엇인지 분명하게 배울 수 있을 것이다. 새롭고 남다르고 흔치 않은 책을 만들고 싶은 욕심이 있다면, 제목과 카피만 다듬을 것이 아니라 먼저 디자이너와 대화를 시작해야 한다.

{ 15 }

보도자료, 책과의 진검 승부

신입 편집자 시절이나 팀장이 된 지금이나 보도자료(이면서 동시에 온라인 서점 도서 정보) 쓰기는 늘 가장 어렵고 막막하고 고독한 일이다. 책을 한 권 낼 때마다 꼬박꼬박 쓰긴 하지만, 누가 논술 채점하듯이 평가를 해 주는 것도 아니고 기사를 많이 받았다고 해서 꼭 잘 쓴 보도자료라고 확신할 수도 없다. 보도자료의 품질과 상관없이 저자의 인지도나 주제의 독보적인 면이 기사를 쓰게 했을 수도 있기 때문이다. 보도자료를 받아 본 기자나 서점 엠디MD가 "이번 보도자료 참 잘 쓰셨던데요"라며 피드백을 해 주는 것도 아니고, 독자가 "책 소개 글이 너무 좋아서 구매했어요"라며 리뷰를 남겨 주는 일도 잘 없으니 뚜렷한 자기 평가 없이 그냥 하던 대로 계속 써 나가기 쉽다. 하지만 늘 하던 대로 해 나가기에는 인문교양책 분야에서 보도자료가 갖는 중요성이 꽤 크다. 예전만큼은 아니지만 언론 보도의 영향력이 여전히 큰 비중을 차지하고, 독자의 감성에 호소하기보다 책이 담고 있는 구체적인 내용을 가지고 구매를 이끌어 내야 하는 분야이기 때문이다.

보도자료는 이제 막 세상에 나온 책을 소개하는 첫 번째 글이다. 출간 초기에는 편집자의 글이 그 책을 소개하는 전부일 수 있다. 다른 외부 요인에 의지하지 않고 오로지 이 몇 장의 글로 책의 가치와 의미, 주제와 내용, 매력과 재미를 다 전달해야 한다. 기자에게는 보도해야 할 이유를, MD에게는 팔아 볼 의지 혹은 팔릴 것 같은 감을, 독자에게는 (재미든 지식이든) 돈을 들여 구매할 가치를 주어야 한다. 마치 지금껏 작업해 온 책과 최후의 진검승부를 하는 것과도 같다. 그래서 나는 매번 그 부담에 짓눌리는 기분이 되어 마감을 한 달쯤 앞둔 시점부터 보도자료 구상에 들어간다. 경력이 늘어도 이 부담은 전혀 줄어들지 않는다. 오히려 이 정도 경력이면 어떤 책이라도 탁탁 정리해 낼 줄 알아야 하지 않을까 하는 마음에 점점 더 압박감을 느끼며 초조해한다. 교정

을 보는 중에, 운전을 하다가, 심지어 다른 책을 읽다가
도 보도자료에 담을 테마가 떠오르면 수첩이나 휴대폰
에 메모를 하고, 가끔은 오케이교를 보면서 보도자료를
함께 쓰기도 한다. 아무래도 책을 생생하게 파악하고 있
는 시점에 가장 중요한 것을 잘 추려 낼 수 있고, 마감하
기 전까지는 책이 잘되기를 바라는 마음이 충만하기 때
문이다(마감을 한 뒤에는 만사가 귀찮다). 보도자료 준
비를 일찍 시작하다 보니 보통은 마감을 하고 하루 이틀
안에 보도자료가 나온다. 이렇게 하면 마케터에게도 좀
더 빨리 정리된 자료를 줄 수 있고, 온라인 서점 등록이
나 언론사 발송도 여유롭게 진행할 수 있다. 카드뉴스라
든가 온라인 서점 이벤트 페이지 문안 등 초기에 필요한
카피를 정리할 시간도 벌 수 있다. 물론 그렇다고 모든
편집자에게 이런 방식을 권하는 것은 아니다. 각자 자기
에게 맞는 방식을 택하되 그 책의 중심에 가장 가까이에
있을 때, 맑은 머리로, 신속하게 써내는 것이 책의 첫걸
음을 가볍게 한다는 뜻이다.

출판사마다 나름의 양식이 있겠지만, 나는 보통 보
도자료를 다음과 같은 순서로 구성한다. 서지 사항 – 간
단한 소개 – 추천사 – 출간 의의 – 주요 내용 – 지은이와 옮
긴이 소개 – 차례. 이 가운데 서지 사항이나 지은이와 옮

긴이 소개 등 책의 기초 정보에 대해서는 별도의 설명이 필요하지 않을 것이다. '간단한 소개'는 말 그대로 한두 단락의 짧은 글로 책의 핵심을 전달하는 것이다. 대부분의 독자는 온라인 서점 도서 정보 상단에 들어가는 이 글로 책의 대강을 파악하고, 좀 더 알고 싶을 때 화면을 내려서 상세한 소개를 읽어 볼 것이다. 기자의 입장에서도 아마 이 글에서 기사로 쓸 만하다는 감이 온다면 뒷부분까지 넘겨 읽을 것이다. 그러니 이 부분은 간결하면서도 책을 전체적으로 아우를 수 있는 내용이 들어가야 한다. 민망하지만 이번에도 별수 없이 역시 내가 쓴 글을 예로 들겠다.

한국 영화 탄생 100주년을 맞아, 영화 자료 수집가 양해남이 자신이 소유한 2,400여 점의 한국 영화 포스터 가운데 1950~80년대를 대표하는 작품 248점을 골라 소개한다. 10년 단위로 시기별 한국 영화의 흐름을 개괄하고, 각 포스터마다 영화의 구체적인 내용은 물론 감독과 배우에 얽힌 흥미진진한 일화, 포스터 디자인과 제작 방식, 레터링과 카피 작법의 변화 등을 꼼꼼히 짚었다. 뿐만 아니라 1,500여 점의 희귀본 포스터를 소장한 수집의 고수로서 지난 30년간 전국 방방곡곡을 누비며 영화 자료를 모아 온 좌충우돌, 천신만고의 수집 이야기를 처음으로 공개한다. 영화 포스터는 한 장의 홍보물에 불과하지만, 그 안을 채우고 있는 내용과 그것을 만든 사람들, 또 그것을 배포하거나 감상하거나 고이 간직해 온 사람들의 이야기를 세심하게 읽어 내면서 이 책은 자연스럽게 한국 영화의 지난 시간을 차곡차곡 쌓아 올린 일종의 아카이브가 되었다.

—『영화의 얼굴』 보도자료 중에서

한글세대에게 가장 적합한 번역과 고전 읽기의 현재적 의미를 충실히 구현한 해설로 '유교 사상의 안내자' 역할을 톡톡히 해 온 영산대 배병삼 교수가 『맹자』의 완역과 주석, 해설을 담은 『맹자, 마음의 정치학』을 펴냈다. 서양정치학을 전공하다 어떤 목마름을 느껴 동양 고전으로 공부의 방향을 틀었던 배 교수는 30년 학문의 도정에서 늘 당대의 구체적인 문제를 치열하게 고민하는 것이 학자의 역할이라 믿었다. 그가 전국시대의 혼란을 타개할 정치적 제안을 담은 『맹자』를 글로벌 자본주의 시대를 사는 우리의 문제로 당겨 와 해석할 적임자인 이유다.

배병삼 교수는 『맹자』라는 텍스트가 형성될 당시의 고

대 문헌들뿐 아니라, 이후 2,000여 년간 『맹자』를 해석해 온 동서고금의 다양한 역주서와 해설서, 오늘의 인문사회과학서는 물론 문학 작품, 일간지 및 주간지 기사에 이르기까지 방대한 문헌을 섭렵하여 맹자가 고민했고 지금 우리에게도 유효한 인간 사회 본연의 문제를 탐구하였다. 나아가 폐해가 극에 달한 현대 자본주의 사회를 넘어설 대안을 모색하고, 조선 건국의 사상적 바탕이 되었던 『맹자』의 저항 정신과 혁명성이 한국 현대사를 이끌어 온 평등 의식과 민주주의에 대한 열망으로까지 이어지는 도저한 흐름을 짚으며 '21세기 대한민국'에서 『맹자』를 읽어야 할 분명한 이유를 제시했다.

　―『맹자, 마음의 정치학』 보도자료 중에서

책이 지금 이 시점에 출간되는 의의, 전반적인 구성과 내용, 서술 방식, 저자의 독보적인 면모 등을 짧은 글 안에서 모두 보여 주려 했다. 솔직히 지금 보니 좀 긴 듯도 한데, 많은 편집자가 아마 간단한 소개를 쓰면서 하고 싶은 말을 다 하지 못한 것 같은 찜찜함, 줄이고 또 줄여야 하는 고통에 몸부림칠 것이다. 나 역시 '간단한 소개'를 간단하게 쓰지 못해 괴로울 때가 많다. 혹시라도 내가 아끼고 사랑하는 책과 저자가 나의 부족한 설명으로 인해 소홀히 여겨지지는 않을까 불안한 마음이 있기 때문이다. 그러다 보니 내용을 자꾸 덧대게 되는데, 조금 시간이 흐른 뒤 그 책과 어느 정도 거리를 갖게 되면 '아, 쓸데없이 구구절절 늘어놓았구나' 하는 후회가 들기도 한다. 그래서 사실은 전체 보도자료 중에서 이 부분이 가장 어렵다. 300쪽, 400쪽짜리 책에서 가장 중요한 핵심이 무엇인지, 독자가 읽기를 중단하지 않을 적절한 길이는 어느 정도인지, 기자나 MD가 관심을 가질 만한 내용이 적절히 들어가 있는지 등을 두루 고려해야 하니 말이다. 나의 경우에는 간단한 소개가 잘 풀리면 뒤의 더 긴 글은 오히려 쉽게 써지는 편이다.

간단한 소개 뒤에는 추천사를 싣는데, 대강의 내용을 파악한 뒤에 바로 추천사를 읽으면 책에 대한 기대가 커지지 않을까 하는 생각 때문이다. 책에 실린 추천사 이외에 사전 독자 리뷰나 해외 매체의 서평, 아마존 리뷰 등이 있다면 함께 수록한다. 그다음으로는 몇 가지 주제를 잡아 책의 출간 의의를 정리한다. 편집자가 책을 어떻게 소개하고 싶은지 나름의 콘셉트를 가지고 구성하는 부분인데, 나는 보통 세 가지, 많을 때는 네 가지 주제를 가지고 작성한다. 구체적으로 말한다면 '이 책을 지금 이 시점에 읽어야 할 이유, 책의 핵심 주제, 저자의 고유한 부분'이라는 세 가지 틀을 기본으로 해서 쓰고, 방법론적인 특징이나 서술 혹은 구성상의 새로운 시도 같은 것을 더하기도 한다. 이 서너 가지 주제 가운데 무엇이 가장 먼저 나올지는 그 책의 성격에 따라 달라진다. 예를 들어 『실격당한 자들을 위한 변론』은 김원영이라는 저자의 정체성이 가장 중요하다고 판단했기 때문에 저자에 대한 환기, 전작과의 연속성을 담은 내용을 제일 앞에 배치했다. 그의 전작도 내가 담당했기 때문에 좀 더 구체적으로 연속된 서사 속에서 저자를 소개할 수 있었다.

1급 지체장애인인 김원영은 지난 2010년 불굴의 의지와 희망의 상징인 '장애를 극복한 장애인'이 되기를 거부하고, '야한' 장애인, '나쁜' 장애인이 되겠다고 선언하는 책을 썼다. (……) 당시 스물아홉의 청년이었던 그는 책의 에필로그에서 "언젠가는 증언이 아니라 변론을 할 수 있는 삶, 조금은 더 당당하게 내 이야기를 할 수 있는 삶, 다가오는 내 삼십 대에는 그런 삶을 살았으면 좋겠다"라고 말했다. 이제 삼십 대가 된 그는 연구자이자 법률가로서, 자신의 분노와 욕망을 드러내는

데서 그치지 않고 우리 사회에서 '잘못된 삶', '실격당한 인생'이라 낙인찍힌 이들의 삶을 변론하기로 했다. 그들이 자신의 출생 자체를 부정하거나 자신의 신체적, 정신적 특질을 끝내 받아들이지 못해 고통 속에 살지 않도록, 모든 존재가 존엄하고 매력적일 수 있는 증거들을 수집해 한 편의 긴 변론서를 작성했다.

—『실격당한 자들을 위한 변론』 보도자료 중에서

『맹자, 마음의 정치학』은 600쪽이 넘는 세 권의 책을 몇 장의 보도자료로 어떻게 소개할 것인가가 고민이 되었다. 『맹자』라는 텍스트 자체는 이미 잘 알려져 있고 역주서도 수십 종이 나와 있기 때문에 세세한 내용을 말하기보다 21세기 한국 사회에서 이 책이 또다시 나와야 할 이유, 저자만의 고유한 해석, 한국사 속에서 갖는 의의 등에 방점을 두고 네 꼭지로 내용을 구성했다. 무엇보다 이 책과 기존 역주서의 차별성이 눈에 띄어야 하기 때문에 저자가 『맹자』 해설의 적임자이며 다른 역주서에서는 볼 수 없는 독창적인 해석을 담았다는 점을 강조했다.

1. "끝내 사람이 사람을 잡아먹게 되리라. 나는 이 사태가 두렵다"

두려움의 공유를 통해 만난 전국시대의 맹자와 21세기의 우리

2. "삼강과 오륜은 다르다"
오해에 갇힌 유교를 위한 변론

3. "이 땅은 맹자를 살아 낸 사람들이 밤하늘의 별처럼 많았던 곳이다"
『맹자』로 일어서고, 『맹자』로 저항했던 이 땅의 사람들

4. "맹자, 적임자를 만나다"
배병삼의 『맹자』는 무엇이 다른가

『아이들의 계급투쟁』 보도자료 역시 네 꼭지로 구성했다. 알려지지 않은 외국 저자의 첫 책이기 때문에 저자를 부각시키기보다 이 책의 가장 독특하고 차별적인 면모(이민자 출신의 보육사가 빈곤 지역 탁아소에서 일하며 쓴 일기)를 먼저 보여 주고, 저자가 그런 일이 발생한 사회적 배경(긴축 재정, 복지의 축소)으로 지목하고 있는 부분을 소개한 뒤, 그래서 궁극적으로 말하고자 하는 바가 무엇인지를 짚은 다음, 마지막으로 일본 출판계에

서 이제 막 부상하고 있는 저자의 이력을 소개하는 것으로 구조를 짰다.

1. 국가의 손이 닿지 않는, 어쩌면 버려진 세계
   왼쪽도 오른쪽도 아닌 아래쪽 세계를 굴러다니는 말하지 못하는 존재들
   사회 밑바닥에서 신음하는 아이들의 삶을 기록한 현장 보육사의 일기

2. 재정 지출이 줄어들면 사람의 마음도 작아진다
   긴축에 침을 뱉으라

3. 좋은 복지란 사람에게 존엄을 돌려주는 일

4. 거침없고 날카로운 비판, 경쾌하고 따뜻한 묘사
   직구와 변화구를 자유자재로 구사하는 펑크 보육사의 출세작

앞서 한 달 전부터 보도자료를 구상한다는 말은 바로 이 서너 꼭지를 무엇으로 잡을지 긴 시간을 두고 계속 생각한다는 뜻이다. 직접 자판을 두드리지는 않더라도 무엇

을 먼저 말하고, 어떤 순서로 내용을 전개해 갈지 머릿속으로 계속 궁리하는 것이다. 이 과정을 거듭하다 보면 더 좋은 카피가 나와 표지 글 구성이 바뀌기도 하고, 남들에게 책을 소개할 말이 내 안에서 정리가 되어 마케터나 기자와 이야기를 나눌 때도 한결 수월하다. 보도자료는 단지 책의 내용 소개만이 아니라, 특별히 눈에 띄어 구매나 보도를 유도해야 하는 더 큰 목적을 가진 글인 만큼 나열식 구성보다 여러 측면에서 책을 속속들이 보여 줄 수 있는 잘 짜인 구조가 필요하다. 책의 구성이 그렇듯이 보도자료 역시 각 부분이 명확한 자기 기능을 갖도록 전략적인 배치를 늘 염두에 두어야 한다.

출간 의의를 정리한 뒤에는 '주요 내용' 혹은 '책 속으로' 등의 이름으로 본문의 주요 구절을 소개한다. 교정을 보면서 중요한 부분을 모아 두었다가 그대로 옮기면 되니 큰 부담은 없지만 여기에도 당연히 전략적인 선택이 필요하다. 읽는 사람이 전체 흐름을 훑을 수 있도록 책 전반에 걸쳐 균형감 있게 뽑되 앞의 출간 의의에서 제시한 내용에 부합하는 부분으로 고른다면 책을 신속하게 파악하는 데 도움이 될 것이다. 내가 이 부분에서 한 가지 추가로 하는 일은 뽑아 놓은 본문 구절에 제목을 하나씩 붙이는 것이다. 예를 들면 이런 식이다.

사회복지사는 장애인 삶의 어디까지 관여할 수 있을까?

류쥔웨이는 평소 의식적으로 고도의 자기성찰을 하려 한다. 때때로 자신의 성장 배경과 인생관, 가치관 등이 당사자의 삶에 지나치게 간섭하는 건 아닌지 들여다본다. 자신은 성과 관련해 굉장히 보수적이라 고정 파트너를 고집하지만, 당사자도 그러해야 한다고 요구하지는 않는다. 한 선배는 "난 지적장애인이 연애를 어떻게 하든 전혀 상관없어. 하지만 임신은 안 돼!"라고 신신당부했지만, 류쥔웨이는 생각이 다르다. 직업인으로서의 가치관과 개인의 가치관이 뒤섞이려 할 때 사회복지사는 최선을 다해 도울 뿐, 주제넘게 나서서 상대를 대신해 어떻게 살아야 할지를 결정해서는 안 되기 때문이다. (……) 당시 기관의 책임자는 사회복지사가 걱정해야 할 것은 낳아야 하나 말아야 하나가 아니라 돌볼 능력이 있느냐 없느냐고, 이런 문제는 지원과 복지 시스템을 통해 해결할 수 있다고 일깨워 주었다. 류쥔웨이는 이 말을 어쩌면 평생 잊지 못할 것이다. (105~109쪽)

—『사랑을 말할 때 우리가 꺼내지 않았던 이야기들』 보도자료에서

여기서 굵은 글씨로 표시된 부분은 실제 본문에는 없는 내가 붙인 제목이다. 본문 인용만 죽 해 놓는 것보다는 이 부분이 어떤 이야기를 하고 있는지를 간략히 제시해 준다면 책의 인상이 좀 더 또렷해질 뿐만 아니라, 이 제목들을 죽 읽는 것만으로도 대강의 흐름을 잡을 수 있다. 기자나 서점 MD, 독자가 책을 파악하는 데 도움이 될 만한 것을 최대한 제공하는 것이다.

보도가 되든 안 되든, 서점 MD의 눈에 들든 들지 못하든 한번 작성한 보도자료는 해당 도서의 기초 정보로 온라인 공간에 계속 남는다. 개정판이 나오지 않는 한 5년 뒤, 10년 뒤에도 그 책은 내가 정리한 문장으로 자신을 소개하고 있을 것이다. 이는 꽤 무거운 일이다. 따라서 보도자료를 작성할 때는 오랜 시간 일정 정도는 공식적, 공익적인 성격을 띨 정보를 생산하고 있다는 사실을 늘 염두에 두어야 한다. 눈에 띄는 콘셉트로 기사를 잘 받고자 하는 의지와 책의 전모를 충실하게 소개하겠다는 책임감이 조화롭게 어우러질 때 완성도 높은 보도자료가 나오지 않을까 생각한다.

편집자와 마케터, 가깝고도 먼 당신

책은 지식이기도 하고 유희이기도 하며 기록이나 표현이기도 하지만 무엇보다 상품이다. 책이 되기 한참 전, 기획안에 몇 줄의 문장으로 존재할 때부터도 돈을 주고 구매할 독자가 상정된다. 마케터는 바로 이 구매 행위가 일어날 수 있는 여러 길을 찾는 사람이기 때문에 책의 기획 단계부터 편집자의 파트너가 되어 책의 상품 가치를 높이는 일을 담당한다. 아마 편집자와 가장 오랜시간 붙어 일하는 사람도 마케터일 것이다. 거의 하루도 빠짐없이 만나 의견을 구하고 자료를 주고받고 현황을 공유하고 다음을 계획한다. 오래전에 나온 책부터 이제 막 나온 책, 앞으로 나올 책까지 모든 책의 생애를 함께 책임지는 떼려야 뗄 수 없는 사이다. 그렇다 보니 편집자와 마케터의 관계는 책의 운명에 꽤 직접적인 영향을 미친다. 두 사람이 책을 사이에 둔 대화를 많이 나눌수록 자연히 그 책은 독자의 눈에 띌 가능성이 더 커진다. 큰 비용을 써서 밀어붙일 게 아니라면, 그 책에 가장 적합한 홍보 방식은 결국 책에 대한 깊은 이해에서 나오기 때문이다. 책의 내용을 완벽히 이해해야 마케팅이 가능하다는 뜻이 아니다. 그 책이 놓일 자리나 예상 독자가 즐기는 다른 콘텐츠, 자주 이용하는 온오프라인 공간, 주요 관심사, 특정 이슈에 대한 의견 등 책을 둘러싼 환경에 대한 전반적인 이해를 말하는 것이다. 편집자와 마케터가 각자의 자리에서 볼 수 있는 것, 제공할 수 있는 정보를 충분히 공유한다면 좀 더 정확한 독자 설정이 가능해질 것이다.

『실격당한 자들을 위한 변론』은 독자의 평가나 수상 소식 등으로도 큰 기쁨을 주었지만, 마케터와 함께했던 다양한 시도와 그 결과로 얻은 일정한 성과 역시 좋은 기억으로 남아 있다. 초기부터 독자 반응이 있었고, 연말에 수상 및 선정 소식이 집중되면서 다음 해에 판매량이 더 증가했기 때문에 그 흐름을 따라가며 시기마다 다양한 프로모션을 진행할 수 있었다. 책이 시장에서 자리를 잡아야 했던 초기에는 인지도 있는 작가들과 합동 강연을 열어 독자의 주목을 끌었다. '김두식(법학자)+김원영', '김소영(책발전소 대표)+김원영', '장혜영(영화감독)+김원영'이라는 서로 다른 조합의 강연은 각기 다른 성격의 독자를 만나는 자리가 되었다. 작가를 섭외하고, 강연 내용을 조율하고, 휠체어 입장이 가능한 공간을 찾고, 청각장애인을 위한 문자통역 장비와 인력을 배치하고, 강연 내용을 정리된 콘텐츠로 만드는 것까지를 세 차례 진행하면서 편집자와 마케터에게도 한 세트(?)의 경험이 축적되었다. 한 차례의 이벤트를 위해 각자가 맡아야 할 일이 무엇인지, 누구와 소통해야 하는지 조금씩 더 정교하게 파악해 준비할 수 있게 되었다. 휠체어의 이동을 고려하고 문자통역을 준비하는 것은 그 자체로도 새로운 자극과 인식을 주었지만, 그런 부분을 갖추겠다고 공지한 결과 강연 장소에 등장한 다양한 신체들이야말로 이 책이 하고자 하는 이야기를 편집자와 마케터가 좀 더 분명하게 체감하는 계기가 되었다.

책이 어느 정도 알려진 이후에는 독자 리뷰 대회를 열어 수상자들과 저자가 만나는 자리를 마련하기도 하고, 두 곳의 서점에서 각기 다른 콘셉트로 한정판 리커버를 출시하기도 했다. 이 두 가지 이벤트를 통해서는 소위 말하는 '팬' 혹은 '충성 독자'의 존재를 확인할 수 있었다. 책을 읽은 뒤 자기 삶에 일어났던 동요와 변화를 기록한 여러 편의 리뷰와 한정판 리커버가 출간되는 즉시 구매 버튼을 누르는 독자의 존재는 편집자와 마케터가 이후를 계획할 수 있는 든든한 지지대가 되어 주었다. 특히나 한정판 리커버는 편집자와 마케터뿐 아니라 디자이너에게도 이미 나온 책을 다시 한 번 살펴보면서 다른 방식으로 접근해 볼 흔치 않은 기회를 주었다. 아직 독자를 만나기 전인 첫 작업에서는 미처 생각지 못했던 지점을 새로 발견하여 전혀 다른 옷을 입은 책을 독자에게 선보일 수 있었다. 이 작업을 같이 한 세 담당자는 '이 책이 여전히 성장하고 변화하고 있구나. 나도 거기에 함께하고 있구나'라는 자부심을 각자 나누어 가졌을 거라고 보는데, 이런 감각이 함께 일하는 사람 사이에서는 매우 중요하다. 여기서 얻은 감각과 경험은 다른 작업에서 더 발전된 형태로 쓰일 것이고, 그것은 곧 그들 개인뿐 아니라 팀, 출판사의 자산이 된다. 따라서 어느 정도 판매가 잘되는 책, 그러니까 마케팅비가 일정 규모 이상 확보되는 책에는 최대한 많은 구성원이 참여해 다양한 시도를 해 보는 것이 좋다.

『실격당한 자들을 위한 변론』은 이후 오디오북을

만들기도 하고, 저자가 연극배우로서 했던 여러 활동에 발맞춰 소소한 이벤트를 이어 갔다. 출간 초기 한두 달 반짝 프로모션을 진행하는 대다수의 책과 달리 2년여에 걸쳐 무리하지 않고 적절한 규모에서 할 수 있는 다양한 시도를 했다. 처음 해 보는 일에서는 실수도 하고, 기대했던 만큼 성과를 거두지 못한 프로모션도 있었지만 내내 흐뭇했던 한 가지는 마케터가 신바람 나게 일하고 있다는 사실이었다. 마케터가 무엇인가 제안을 하고, 편집자는 그것을 적극적으로 받아들이고, 때로는 디자이너가 깜짝 놀랄 아이디어를 보태는 식의 상호 작용이 상당 기간 진행되면서 서로에게 좋은 자극이 되었다고 생각한다. 간혹 '이런 게 진짜 책 판매에 도움이 될까?'라는 의구심이 들더라도 마케터가 의욕을 가지고 하는 제안이라면 대부분 하는 쪽으로 결정을 했다. 어느 정도 규모가 있는 회사의 마케터라면 여러 팀에서 나오는 많은 책을 담당하고 있기 때문에 그가 특별히 애정을 갖고 해 주는 제안은 상당히 귀한 것이다. 무엇이든 하려면 예산이 확보되어야 하고, 서점이든 도서관이든 함께할 파트너가 필요한데 그런 것을 다 세팅하는 수고를 감수하면서 어떤 제안을 했다면 조금 미진한 구석이 있더라도 일단 '그래 한번 해 보자'라고 하는 편이 좋다. 마케터의 신바람을 오래 지속시키는 것이 곧 그 책이 독자의 눈에 오래 보일 수 있는 길이기 때문이다.

이 일련의 과정에서 편집자가 마케터에게 해 주어야 할 가장 중요한 역할은 저자에 관한 정보를 계속해서 주는 것이다. 저자의 신상에 일어난 변화, 예를 들면 새로운 매체에 연재를 하게 되었다거나, 연극 공연을 준비하고 있다거나(그래서 남자 최우수연기상 후보에 올랐다거나!), 그를 피사체로 한 사진 전시회가 열린다거나, 인지도 있는 누군가가 그의 책을 언급했다거나 하는 정보를 신속하게 공유해 마케터가 활용할 수 있게 하는 것이다. 편집자나 마케터나 당장 나오는 신간에 신경 쓰다 보면 지난 책에는 소홀해지기 쉬운데, 편집자는 적어도 저자에게 일어나는 일만큼은 꾸준히 업데이트하며 함께 일하는 사람에게 공유하는 역할을 해야 한다. 장기간에 걸친 마케팅이 가능하려면 저자가 여러 영역에서 부지런히 움직이고, 출판사는 그에 기민하게 반응해 다양한 이야깃거리를 만들어 내는 과정이 끊임없이 일어나야 한다. 이 책은 그런 과정이 자연스럽게 꾸준히 이루어진 경우였다.

편집자가 마케터와의 협업에서 또 하나 챙겨야 할 부분은 시기마다 필요한 여러 유형의 카피나 자료를 제때 제공해 주는 것이다. '제때'라고 썼지만, 나는 가급적 '곧바로' 주려고 하는 편이다. 이미 가지고 있는 카피나 자료를 약간 변형해서 제공할 수 있는 수준이라면 마감이 일주일 뒤든, 월말까지든, 다음 달 언제까지든 그냥 요청이 있는 즉시 넘기고, 약간의 고민이나 판단이 필요하거나 새로 무엇을 만들어야 하는 경우라도 2~3일 안에는 줄 수 있도록 빠르게 판단하고 움직이려 한다. 작업한 책이 쌓일수록 이런 소소한 마감도 늘어나기 때문에 그때그때 처리하지 않으면 놓치는 게 생기기 마련이다. 편집자가 놓치면 이후 디자이너나 마케터가 쓸 수 있는 시간이 줄어든다. 책이든, 카드 뉴스든, 피오피POP든, 5단 통 광고든 출판사에서 외부로 나가는 모든 것은 생산부서인 편집부에서 시작된다는 사실을 늘 염두에 두어야 한다. 정해진 일정이 차질 없이 지켜지려면, 편집자는 기다리게 하는 사람보다는 기다리는 사람이 되는 편이 좋다. 필요한 원재료를 최대한 빨리 넘기고, 그것이 광고물이나 홍보물로 가공되어 돌아오기를 기다리는 쪽이 되자는 말이다.

　편집자와 마케터는 늘 붙어 일하는 만큼 의견 충돌도 많고, 크고 작은 오해와 불만으로 사이가 틀어지는 경우도 적지 않다. 조용한 출판사 사무실에서 큰 소리가 들린다면 아마 열에 일고여덟은 편집자와 마케터 사이의 다툼일 것이다. 자기가 맡은 책에 대한 편집자의 진한 애정과 정해진 예산 안에서 여러 책을 동시에 알려 나가야 하는 마케터의 현실 사이에는 알게 모르게 두터운 원망이 쌓인다. '좀 팔릴 만한 책을 기획할 순 없나?', '아니, 이 좋은 책을 왜 이렇게 못 팔지?', '별로 팔리지도 않는 책에다 뭘 자꾸 해 달라는 거야?', '저 책은 광고에 사은품에 잔뜩 신경 써 주면서 내 책은 왜 아무것도 안 해?'라는 생각이 드는 게 인지상정이다. 일이 잘 안 되면 누구라도 원망할 대상을 찾기 마련인데, 편집자와 마케터에게 그 대상은 상대방이기 쉽다. 그 원망에 일말의 진실이 있더라도 질책보다는 격려나 인정의 말이 상대를 움직이게 하는 데는 더 효과적이라고 생각한다. 지금껏 경험해 온 일에 비춰 볼 때 마케터를 궁지에 몰아서 상황이 나아지는 경우는 거의 없었다. 마케팅은 돈이기도 하고, 데이터이기도 하고, 수완이나 추진력이기도 하겠지만 무엇보다 담당자의 팔아 볼 마음에서 나오는 것이기 때문에 '쪼아 대기'로는 단기적인 효과만을 기대할 수 있을 뿐이다. 대립이 불가피한 관계라면 반드시 퇴로를 마련해야 한다. '왜 하지 않느냐'며 몰아붙이기보다는 '이러저러한 것을 해 달라'는 구체적인 요청으로 마케터가 움직일 길을 만들어 주는 것 또한 편집자의 역할이다.

출판의 많은 부분이 그렇듯이 마케팅 효과나 기획력, 편집의 완성도를 명확한 수치로 표현하기란 불가능하다. 어떤 책이 일정 수준의 성공을 거두었을 때 그 기여도를 '편집 3, 마케팅 5, 디자인 2'와 같은 식으로 말하기 어렵다는 뜻이다. 반대로 어떤 책이 기대에 못 미치는 반응을 얻었을 때도 마찬가지다. 표지 때문인지, 글 때문인지, 마케팅 때문인지 누가 알겠는가. 그렇기 때문에 같이 일하는 사람끼리 크고 작은 성공의 경험을 자꾸 이야기하는 것이 중요하다. "이 시기에 우리가 그 이벤트를 해서 주춤했던 판매량이 다시 상승했잖아", "그때 그 사은품이 입소문이 나면서 큰 효과를 보았으니 우리 이 책에서도 다시 한 번 해 보자"와 같은 스토리텔링이 함께 일한 사람들을 한 팀으로서 성장하게 한다. 객관적으로는 그것이 다소 어설픈 결론일지라도 적어도 안에 있는 사람끼리는 서로의 기여를 인정하고, 그것을 일정 정도 공식적인 이야기로 만들어 공유할 필요가 있다. 이를 위해 내가 하는 작은 노력은 회의 자료에서든, 개인 SNS에서든 협업의 성과를 많이 드러내고 기록하는 것이다. 마케터의 제안이나 디자이너의 고민 같은 것을 정리된 언어로 표현해 많은 사람이 알 수 있게 하는 것이다. 어떤 분명한 근거나 데이터를 가지고 하는 말이라기보다 함께 일한 사람으로서 관찰하고 느꼈던 소회 정도지만 그런 이야기가 사람을 움직이는 힘이 있다고 믿는다. 가까이에서 일하는 만큼 멀어지기도 쉬운 편집자와 마케터 사이에는 이런 이야기가 더더욱 많이 필요하다.

{ 17 }

SNS, 마케팅보다는 연결을 위하여

21세기에 책을 만드는 편집자 가운데 SNS 계정 한두 개쯤 갖지 않은 사람은 없을 것이다. 저자의 동향이나 신간 정보, 출판계 소식을 파악하고, 지금 이 시간 사람들이 가장 많이 읽고 공유하는 글을 함께 읽고, 잠재적인 필자를 발견하는 일이 모두 다 SNS 타임라인 안에서 이루어진다. 처음에는 온라인 친구를 만들고 재미난 글을 찾아 읽을 요량으로 가볍게 시작했더라도 어느새 일인 듯 아닌 듯, 의무는 아니지만 하지 않을 수는 없는 난감한 상황이 되고 만다. 편집자는 자신이 할 수 있는 범위 안에서 나름대로 전략을 세울 수밖에 없는데, 어떤 회사에서 무슨 책을 만드는 누구인지 자신의 얼굴을 드러내며 적극적으로 책을 알리는 이도 있고, 정보를 수집하고 일과 관련된 여러 게시물에 '좋아요'를 누르는 정도로 눈에 띄지 않게 활동하는 이도 있다.

나는 그 중간쯤이라고 해야 할까? 개인을 드러내고 꾸준히 운영하는 건 페이스북 하나이고, 트위터나 인스타그램, 유튜브 등은 회사 계정을 통해 타임라인을 훑는 정도다. 짧은 글로 인상을 남기는 데 능하지 않고, 이미지나 영상을 다루는 일에는 더 서툴다 보니 자연스럽게 페이스북을 주로 이용하게 되었다. 페이스북도 뭔가 '활동'을 했다고 할 만한 기간은 최근 4~5년 정도인데 작은 규모에서 회사 일과 그 밖의 일상을 오가며 편안하게 쓰는 수준이다.

아기 사진이나 올리던 친목용 계정을 4~5년 전부터 편집자 정체성을 가지고 운영하기 시작한 건 그즈음 팀장이 되었기 때문이다. 내가 만든 책은 물론이고 우리 팀과 회사에 도움이 될 수 있는 일이 없을까 고민하다가 일하면서 경험하고 느끼는 것을 조금씩 글로 쓰기 시작했다. 다른 한편으로는 답답한 마음 때문이기도 했다. 신문에 크게 기사가 실려도, 여러 가지 출간 행사나 이벤트를 해도 신간 판매는 늘 고만고만한 수준이었고 사계절출판사 인문팀에서 무슨 책을 내는지 독자들 머릿속에 별다른 이미지가 있는 것 같지도 않았다. 회사의 인력 구성이나 마케팅 운영도 어린이·청소년 책에 비중을 두고 있기 때문에 팀의 존재감이 약하다는 생각도 들었다. 고작 두 명(이 책을 쓰는 사이에 세 명으로 늘었다)뿐인 작은 팀이지만 독자들 눈에, 그리고 출판계 동료 사이에서 보이는 사람들이 되고 싶었다. 자꾸 눈에 보이다 보면 그 사람들이 만든 책이 궁금해지고, 왠지 모르게 친근해지고, 가끔씩은 사고 싶어지기도 할 테니 말이다.

페이스북에 일과 관련하여 주로 쓰는 글은 편집 후기다. 그 책을 기획하게 된 계기나 저자와의 인연, 편집 과정의 에피소드, 디자이너나 마케터와 나눴던 대화 등 책이나 보도자료에서 볼 수 없는 이야기를 가볍게 적는다. '페이스북 스타가 되어 내가 만든 책을 온 세상에 알리겠어'와 같은 원대한 목표까지는 아니어도 우리 팀에서 누가 어떤 책을 만들고 있는지를 천천히, 꾸준히 알려 가고 싶다는 마음으로 쓴다. 다른 한편으로는 저자와 번역가 그리고 독자들에게 이 책이 결과물뿐 아니라 만드는 과정도 부끄럽지 않았다는 것을, 그러니 마음 놓고 좋아해도 된다는 것을 알리고 싶은 마음도 있다. 편집 후기 아래에는 꼭 '#사계절인문팀'이라는 해시태그를 달고, 우리 팀원이 만든 책을 소개할 때는 그의 이름도 함께 적는다. '페친'이 많지 않다 보니 책 판매에 영향을 줄 만큼 반응이 있는 것도 아니고, SNS에 어울리지 않는 긴 글이라며 동료들에게 장난기 어린 핀잔을 듣기도 하지만 그래도 크게 개의치 않고 신간이 나올 때마다 꾸준히 뭔가를 적고 있다. 책이 조금이라도 알려진다면 더할 나위 없이 좋고, 그게 아니더라도 내가 일해 온 과정이 기록으로 남는 것이니 손해 보는 일은 아니라고 생각하면서.

자신을 드러내는 게 못 견디게 괴로운 경우가 아니라면 개인 계정 하나 정도는 운영해 보는 게 이 시대의 편집자에게는 여러모로 유리하지 않을까 생각한다. 저자가 말하는 바 이외에 한 사람의 편집자 혹은 하나의 팀이 어떤 의지나 포부, 취향을 가지고 책을 만들어 가는 이야기가 더해진다면 독자는 책과 함께 그 책을 둘러싼 이야기를 기억하게 될 것이다. "그 책 편집자가 쓴 글을 봤는데 중간에 이런저런 문제 때문에 엄청 고생했다더라", "저자랑 편집자가 처음에 이렇게 알게 되었대", "그 팀에서 다음에 이런 책이 나온대"와 같은 이야기는 사소해 보이지만 독자에게 책에 대해 말할 거리를 준다는 면에서 일정 부분 마케팅의 기능을 한다. 많은 기업이 제품의 품질과 디자인, 이름에 공을 들이는 데서 그치지 않고, 입소문 내기에 인력과 비용을 투자하는 것처럼 책도 독자의 입에서 입으로 전해지는 이야기가 구매의 주요 요인이 된다. 편집자는 그 이야기를 만드는 중요한 역할을 할 수 있다.

물론 편집자는 고민이 많다. 회사 일에 굳이 내 개인 계정을 활용하고 사적인 부분까지 드러내야 하는가, 편집자는 책으로 말하면 되지 요란스럽게 자신을 드러낼 필요가 있는가, 업무 시간 이외에 이 계정을 운영하는 데 들이는 공을 회사에서 보상받을 수 있는가, 내 프라이버시를 일정 부분 내놓을 만큼 이 회사가 나를 귀하게 여기는가. 이런 여러 가지 의문에서 아마 대부분의 답은 편집자 자신에게 별로 유리할 게 없는 쪽일 것이다. 많은 출판사에서 SNS도 활발하게 하고, 동영상 편집도 할 줄 알고, 쇼맨십도 좀 있어서 홍보 요원 역할도 하는 편집자를 바라지만 그에 어떤 보상과 격려를 해 줄지에 대한 고민은 거의 하지 않기 때문이다. 그래서 사실 편집자에게 SNS 계정 운영을 권하는 건 매우 조심스러운 일이다. 눈에 띄는 효과는 없고 괜히 피곤한 일만 더 많아질 수 있으니 말이다.

그럼에도 편집자 일이 나에게 잘 맞고 이 일을 오래

하겠다는 확신이 어느 정도 있는 사람이라면, 자신을 드러내며 일하는 쪽을 권하고 싶다. 그렇게 해서 책을 많이 팔라거나 회사에 기여하라는 뜻이 아니다. 그것은 부차적인 일이다. 어느 회사 무슨 팀에서 일하는 누구라는 사실에 앞서, 편집자로서 이 업계에서 꾸준히 경력을 쌓아 가고 있는 한 사람으로서 자신을 자리매김하라는 뜻이다. 내가 누구와 함께 어떤 책을 만들고 있고, 어떤 고민과 노력을 통해 성과를 냈으며, 무엇을 좋아하고 무엇에 관심이 있는지를 드러내며, '책'이라는 세계 안에서 함께 일하는 많은 사람과 꾸준히 교류를 해 나가는 것이다. 무슨 대단한 콘텐츠를 올린다기보다 이 업계의 일원으로서 넓은 범위의 동료와 서로의 존재를 확인하며 함께 앞으로 나아가는 것이다. 그뿐 아니라 우리가 회사 계정에 쓰는 수많은 글과 카피는 회사를 그만두는 순간 나와 무관한 콘텐츠가 되지만, 내가 내 계정에 기록해 둔 이야기는 고스란히 내 것으로 남는다. 퇴사와 함께 내가 만든 책의 판권에서 내 이름이 지워질지라도 내가 그 책을 만들며 했던 고민, 저자와 나누었던 시간, 디자이너나 마케터와 협력했던 이야기는 내 글 속에 남아 누구도 함부로 지울 수 없다. 그러니 자기 계정을 갖는 일은 자신의 경력, 자신이 일해 온 역사를 스스로 관리하고 지키는 일이기도 하다.

　다른 한편으로 개인 계정은 연락처의 기능을 하기도 한다. 사계절출판사에 뭔가 궁금한 사항이 있을 때, 노명우 교수님과 인터뷰를 하고 싶을 때, 오자 신고를 하고 싶을 때, 『실격당한 자들을 위한 변론』을 읽다가 관련 분야의 다른 책이나 저자를 소개하고 싶을 때, 투고를 하고 싶은데 어디에 어떻게 해야 할지 모를 때 등등 어떤 이유에서든 검색을 해서 내 이름이나 우리 팀을 찾아 메시지를 보낼 수 있는 창구를 하나 열어 두는 것은 나에게도 남에게도 도움이 된다. 독자든 업계 동료든 기자든 외부와 소통을 쉽게 하는 길이기도 하고, 예상치 못했던 제안을 받거나 새로운 관계를 맺는 기회가 되기도 한다. 물론 그에 따르는 일부 번거로운 상황은 감수해야 한다.

　아마 많은 편집자, 특히 경력 초반에 있는 사람일수록 회사 일이 사적인 영역으로 넘어오는 상황이 달갑지 않을 것이다. 회사 계정을 구독하지 않거나 회사 안팎에서 같이 일하는 사람과 '친구'를 맺지 않는 사람도 많을 것이다. 나도 그런 사람 가운데 하나였다. 내가 이 일을 얼마나 더 할지, 이 회사에 언제까지 다닐지 어느 것도 확실하지 않은데 이런저런 연결을 늘려 놓는 건 너무나 부담스러운 일이었다. 저자나 편집자에게 친구 신청도 잘 하지 않았고, 기자의 전화번호도 ('카톡' 친구가 될까 봐) 저장하기를 꺼렸다. 그랬던 내가 일정 정도의 연결과 개방성을 지향하게 된 건 이제 더 이상 흔들리면 곤란한 나이가 되기도 했고, 그사이에 연결이 지니는 힘을 많이 경험했기 때문이다. 느슨하게나마 연결되어 있는 사람은 언젠가 서로의 도움이 필요한 시점이 되면 신속하고 수월하게 만나 일을 도모할 수 있다. 어쩌면 이 책을 쓰게 된 것도 꾸준히 페이스북에 뭔가를 끼적이던 나를 유유출판사에서 발견해 주었기 때문일 것이다. 그러니 개인 계정 운영을 편집자에게 지워지는 또 하나의 의무로 무겁게 여길 것이 아니라, 책 만드는 사람의 세계에 내 자리를 만들어 가는 일, 옆자리의 여러 동료와 느슨하게 연결되어 가는 일로 받아들인다면 조금은 덜 부담스럽게 접근할 수 있을 것이다. 결국 나와 내 일을 위한 것이니 말이다.

책의 공공성에 관하여

책은 유희나 필요를 위해 소비하는 상품이면서 동시에 지적, 예술적 창작의 결과물을 저장하고 보존하는 수단이기도 하다. 이런 특성 때문에 책을 생산하고 알리고 팔기 위해 하는 일련의 활동은 상당 부분 공공의 성격을 띠게 된다. 맞춤법, 표기법에 맞는 문장을 쓰고 오류를 최소화하려는 노력은 사회에 신뢰할 만한 지식을 제공하고, 프로모션을 위해 진행한 저자 강연이나 인터뷰는 지식 생태계에 일정 부분 기여하게 되며, 책을 소개하기 위해 작성한 글은 그 책의 기초 정보로서 공공재처럼 활용된다. 따라서 책과 관련한 정보를 내보낼 때는 그 내용이 정확한지, 신뢰할 만한지, 차별하거나 혐오하는 표현은 없는지 늘 신중하게 검토해야 한다.

강연, 북토크 등을 텍스트나 영상으로 기록해 공유하는 일은 홍보 마케팅 활동의 일환이면서 독자 서비스이자 공공의 이익을 위한 일이기도 하다. 저자와 독자가 직접 만나는 이런 자리는 보통 책의 내용을 그대로 해설하기보다 집필 전후의 사정이나 좀 더 깊숙하고 상세한 이야기를 나누기 때문에 이를 잘 갈무리해 둔다면 현장에 올 수 없는 사람에게 한층 확장된 지식과 정보를 제공할 수 있다. 인력과 비용의 문제로 모든 강연과 북토크를 기록하기는 어렵지만, 콘셉트가 확실하고 흔치 않은 자리라면 약간의 수고를 감수하고 기록해 둘 가치가 있다.

노명우 교수님의 『인생극장』은 출간 초기 프로모션으로 은유, 서천석, 정재찬 세 작가님과의 합동 강연을 차례로 진행했다. 『인생극장』이라는 콘텐츠를 두고 저자와 세 분이 만나 이야기를 나눌 기회는 다시 오기 어려울 것이고, 세 분이 각자의 인생 경험과 시각에 따라 서로 다른 부분에 주목해 이야기를 나눠 주셨기 때문에 매 강연이 끝나면 현장에서 녹음한 내용을 바탕으로 주요 주제를 선별해 대화를 정리하는 작업을 했다. 텍스트 정리가 끝나면 적절한 이미지를 더해 회사 블로그에

'북토크 지상 중계'라는 이름으로 게시하고, 페이스북이나 트위터 등 여러 SNS 채널에 공유했다. 이후 『실격당한 자들을 위한 변론』 프로모션 때도 김원영 변호사님이 김두식 교수님, 김소영 대표님과 나누었던 대화를 같은 방식으로 정리해 게시하고 공유했다(장혜영 감독님과의 대화는 "채널예스"에서 취재해 정리해 주셨다).

녹취하고 편집하는 데 품이 많이 들었지만, 강연이나 북토크 자리에서 나온 귀한 이야기가 소수에게만 공유되고 사라져 버리는 것, 여러 가지 사정상 강연에 올 수 없는 사람이 소외되는 것이 안타까워 마음먹고 시도한 일이었다. 각각의 게시물은 적게는 수백 명, (김소영 대표님이 본인의 SNS 계정에 공유해 주신 덕분에) 많게는 수천 명의 사람이 찾아와 읽어 주었다. 당연히 그 조회 수가 전부 판매량으로 연결되는 것은 아니다. 판매량을 올리려는 의도도 가지고 하는 일이지만, 좋은 콘텐츠를 누구라도 와서 볼 수 있게 공개하는 것은 그 자체로도 가치가 있으며, 책의 공공성을 다양하게 변주하고 확장하여 미미하게나마 지식 생태계에 기여하는 일이기도 하다.

그뿐 아니라 검색의 시대에는 해당 책과 전혀 상관없이 그 대화의 어떤 부분이 검색어에 걸려 게시물을 찾아 들어와 읽을 가능성이 늘 존재한다. 은유 작가님을 검색했다가『인생극장』을 만나게 될 수도 있고, 책발전소를 검색했다가『실격당한 자들을 위한 변론』을 알게 되는 사람도 있을 것이다. 웹상에서는 모든 지식과 정보가 연결되기 때문에 내가 편집한 책과 관련한 콘텐츠가 하나라도 더 올라와 있는 것이 발견의 가능성을 높인다. 여러 서비스에 애써 콘텐츠를 만들어 올려 봐야 조회 수가 몇 되지 않아 실망하는 일이 부지기수고, 그런 일이 거듭되다 보면 다 부질없다는 생각에 책 이외에 다른 콘텐츠를 생산할 의욕을 잃고 마는데 당장의 조회 수에 얽매이지 말고 시야를 조금 넓혀 보면 더 큰 의미를 찾을 수 있을 것이다. 드넓은 지식의 바다에 무엇인가를 하나 더한다는 생각, 이 모든 것은 언제고 다른 모든 것과 연결될 수 있다는 기대를 갖는다면 무력감에 빠지지 않고 뭐라도 하나 더 만들어 볼 마음을 먹을 수 있다. 이는 내가『검색, 사전을 삼키다』와『위키백과, 우리 모두의 백과사전』을 편집하며 깨달은 부분이기도 하다. 책이든 강연이든 블로그 게시물이든 모든 지식은 더 많이 공유될수록 더 큰 가치를 갖게 되고, 우리에게는 쉽고 빠른 공유를 가능하게 하는 인터넷이라는 무기와 거대한 웹 공간에서 나에게 필요한 것을 신속하게 찾아 낼 검색이라는 편리한 수단이 있다는 사실 말이다(여담이지만, 그래서 위키백과에 적극적으로 참여하는 사람들은 출판사에서 저자와 번역가 및 서지 정보, 용어 해설, 연표 등 백과사전적 성격을 띤 정보를 위키백과에 제공하지 않는 것을 늘 안타까워한다).

내가 이 글에서 하고 싶은 말이 '모든 출간 행사를 다 녹음해 와서 녹취를 풀고 정리하라'는 당연히 아니다. 출판사에서 책과 더불어 생산하는 여러 지식 문화 콘텐츠가 모두 일정 부분 공공의 성격을 띤다는 것을 늘 의식하고, 사회에 도움이 될 수 있는 것을 많이 만들어 내 널리 공유하자는 것이다. 내가 이미지나 영상을 잘 다루는 사람이었다면, 아마 다른 방식의 기록을 택했을 것이다. 형태가 무엇이 되었든 편집자는 책 안팎으로 독자에게 제공해야 할 것, 제공하면 더 좋은 것을 늘 고민해야 한다. 인문교양책을 편집할 때 주석, 참고문헌, 색인이 필요하지 않은지 살피고, 저자나 번역가 정보를 충실하고 정확하게 작성하며, 오류나 오자 혹은 비문이 없는지 거듭 확인하는 것은 좋은 품질의 상품을 만드는 일이기도 하지만 지식의 세계, 나아가 사회에 기여하는 일이기도 하다. 출간 이후 책과 저자를 알리기 위해 만들어 내는 여러 형태의 콘텐츠 역시 홍보 마케팅을 위한 수단이면서 동시에 우리 사회의 지적, 문화적, 예술적 자산이기도 하다. 따라서 편집자의 일은 책을 잘 만들어 내는 데서 그치는 것이 아니라, 책과 저자의 주변에서 일어나는 여러 가지 일을 다양한 형태로 가공하여 많은 사람이 이용할 수 있는 정보로 제공하는 것까지 확장될 수 있다. 이렇게 생각한다면 점점 좁아져만 가는 듯 보이는 책의 세계가 조금은 더 넓게 보일 것이다. 그리고 우리가 스스로 찾아서 할 수 있는 일이 꽤 많다는 것도 알게 될 것이다.

유연한 협력자로 살아가기 위하여

스물네 살이 끝나 가던 겨울에 딱 1년 다닌 회사를 나오며 그곳 인트라넷 게시판에 장문의 글을 남겼다. 퇴사의 변이랄까. 회사 입장에서는 사람 하나 그만두는 것이 별일 아니었겠지만 사회 초년생인 나로서는 너무나 큰일을 저지르는 느낌이었고, 함께했던 부서의 상사나 회사에서 맺어 준 멘토 선배에게 내 선택이 어떤 피해를 주지는 않을까 걱정스러운 마음에 '회사의 문제가 아니라 나의 문제'임을 밝히려 썼던 글이다. 그 회사는 서울에 본사가 있고 전 세계 여러 나라에 100개가 넘는 지사를 두고 있었는데, 그 글을 올리고 퇴사하는 날까지 세계 각지에서 얼굴도 모르는 많은 선배가 격려의 이메일을 보내 주었다. 마치 내가 그들이 못 다 이룬 꿈을 대신 이루기 위해 회사를 나가기라도 한다는 듯이 내 선택을 진심을 다해 응원해 주었다. 그때 썼던 글의 내용은 대부분 기억에서 사라졌지만, 선배들의 마음을 움직인 대목만큼은 어렴풋이 기억하고 있다. 나는 큰 조직의 일원으로 거대한 사업의 일부분을 담당하는 것보다는 내가 작업한 결과물을 직접 눈으로 확인할 수 있고 손에 쥐어도 볼 수 있는 일이 어울리는 사람인 것 같다, 하나하나 꼼꼼하게 내 손으로 직접 무엇인가를 만들어 내는 장인의 삶을 살고 싶다는 이야기였다. 지금 생각하면 너무나 건방지고 철없는 소리지만 많은 사람이 그 말에 반응해 주었고, 그럴수록 더더욱 나는 편집자가 되면 장인의 삶을 살게 될 거라 믿었다.

그 후로 16년이 흐른 지금 나는 바라던 대로 장인의 삶을 살고 있을까? 편집자 일의 어떤 부분은 분명 장인의 숙련된 기술과 품질에 대한 고집, 외골수적인 면모를 필요로 하지만, 지금에 와서는 그것이 이 일의 본질에 가깝다고 생각하지는 않는다. 요즘 편집자 일에 대해 많이 하는 생각은 편집자란 완고한 장인보다 유연한 협력자에 가깝다는 것이다. 책 한 권이 완성되는 과정에서 만나는 여러 상황과 관계 속에서 삐걱대고 어긋나고 충돌하는 모든 이음매를 거듭 단단히 이어 붙이며 최종 결과물을 향해 나아가는 사람, 체크리스트를 작성하듯 '1번, 2번, 3번까지 하면 내 일은 끝'이 아니라 일의 진행 과정에서 맞닥뜨리는 많은 어려움을 각 단계에서 만나는 파트너와 함께 하나씩 해결하며 결국 마감을 해 내는 사람. 이것이 지금의 내가 가진 이상적인 편집자의 상이다. 그래서 이 책에는 원고를 앞에 둔 고독한 장인의 깊이보다는 편집자, 마케터, 디자이너, 때로는 저자와 번역가의 역할과 고민까지 나눠 가지며 유연하게 움직이는 협력자의 넓이에 관한 이야기를 주로 담았다. 사실 장인의 깊이는 이런 책을 읽기보다 일하는 가운데 혼자 단련해 가야 하는 부분이기도 하다.

내가 하는 일에 관한 글을 썼을 뿐인데, 어쩐지 나 자신을 다 내보인 느낌이다. 많은 직업이 그렇겠지만, 편집자 일은 더더욱 삶과 일을 뚜렷하게 구분하기 어렵다. 인문교양책을 잘 만들어 가는 일은 내 삶을 잘 가꾸어 가는 일이기도 할 것이다. 앞으로 내가 만들어 가는 책이, 편집자로 살아가는 삶이 여기 적은 내용에서 크게 벗어나지 않았으면 좋겠다.

책 뒤에 '감사의 말'을 쓰는 건 세련되지 못한 일이라는 생각을 한 적도 있는데, 이 책이 나의 첫 책이자 마지막 책일 가능성이 높다고 생각하니(신기하게도 책 한 권을 다 쓴 이 시점에도 저자나 작가가 되고 싶다는 생각은 들지 않는다) 몇 자 적지 않을 수 없다.

나에게 저자의 입장이 되어 글을 쓰는 귀한 기회를 주신 유유출판사 조성웅 대표님, 전은재 편집자님, 사공 영 편집자님께 감사드린다. 덕분에 수많은 저자가 왜 그렇게 글쓰기를 힘들어하는지, 왜 늘 마감 일자는 서류 상에만 존재하는지를 온몸과 마음을 다해 공감하게 되었다(하지만 놀랍게도 저는 마감을 앞당겼습니다, 여러분). 편집할 때는 1,000매짜리 원고도 전혀 많지가 않았는데, 직접 쓰려니 그 절반을 채우기도 힘이 들었다. 얇은 책을 은근히 얕잡아 보았던 내 지난날을 마음 깊이 반성한다. 이 책을 쓰는 내내 코로나19로 학교에 가지 않는 아이들의 돌봄 문제가 나를 뒤흔드는 큰 이슈였다. '나 하나 일을 그만두면 모두가 평화로워질 텐데, 내가 무슨 영화를 보겠다고 이 일을 붙들고 여러 사람을 힘들게 하나'라는 고민이 머릿속을 떠나지 않았는데, 이 책을 쓰고 있는 것 자체가 영화였고 위안이었다. 적어도 이 책이 세상에 나와 사람들에게 읽히고, 내가 이 글에 대한 나의 책임을 다할 때까지는 '편집자'여야 한다는 다짐이 동요하는 마음을 붙들어 주었다.

　아무것도 모른 채 책을 만들고 싶다는 뜨거운 마음만을 품고 나타난 나를 내 몫의 일을 할 수 있는 사람으로 만들어 준 푸른숲의 옛 동료들, 책 만드는 일의 즐거움이 협업에 있다는 것을 알게 해 준 사계절출판사의 동료들, 특히 시간 내기 어려운 나를 위해 우리 아이들까지도 놀이에 끼워 주는 사려 깊은 밥 친구·캠핑 친구 여러분께 감사드린다. 원고를 책으로 만들기 위해 지금껏 머리를 맞댔던 모든 저자, 번역가, 외주자 분들께도 고마운 마음을 전하고 싶다. 이렇게까지 하면 너무 수상소감 같지만, 그들과의 만남으로 이 책의 내용을 채운 것이니 다소 과해 보이더라도 적기로 했다. 마지막으로 늘 혼자 바쁘고 진지하고 심각한 나를 이해하고 지지해 주는 가족, 그중에서도 내가 이 책에 적은 모든 경험을 하는 동안 우리 아이들을 안전하고 건강하게 돌봐 주신 우리 엄마께 특별히 감사드린다.

인문교양책 만드는 법
: 세계와 삶을 공부하는 유연한 협력자로 일하기 위하여

2021년 2월 4일   초판 1쇄 발행

지은이
이진

펴낸이	**펴낸곳**	**등록**	
조성웅	도서출판 유유	제406-2010-000032호(2010년 4월 2일)	

주소
경기도 파주시 책향기로 337, 301-704 (우편번호 10884)

전화	**팩스**	**홈페이지**	**전자우편**
031-957-6869	0303-3444-4645	uupress.co.kr	uupress@gmail.com
	페이스북	**트위터**	**인스타그램**
	facebook.com	twitter.com	instagram.com
	/uupress	/uu_press	/uupress

편집		**디자인**	**마케팅**
전은재, 이경민, 사공영		이기준	송세영

제작	**인쇄**	**제책**	**물류**
제이오	(주)민언프린텍	(주)정문바인텍	책과일터

ISBN 979-11-89683-81-8 04800
      979-11-85152-36-3 (세트)

성장하는 삶을 위한 교양을 전하는 일

편집자에게, 특히나 당대의 구체적인 사회
문제를 다루는 경우가 많은 인문교양 편집자에게
일과 사적인 삶을 분리하기란 불가능에 가까운
일이다. 어떤 책을 만들어 갈지는 결국 자신의
삶에서 나올 수밖에 없다. 그러니 일을 더 잘하기
위해서는 사적인 삶을 저 뒤로 밀쳐 둘 것이
아니라 더 적극적으로 지키고 돌보아야 한다.
아이를 키우고, 부모를 돌보고, 반려동물을
사랑하고, 식물을 가꾸는 일은 책 만드는 삶과
결코 떨어져 있지 않다. 때로는 감당해야 할
생활의 문제가 일을 잠식하기도 하고, 때로는
일의 무게가 생활을 짓누르기도 할 것이다.
그 사이에서 발을 동동 구르던 시간이 언젠가
우리를 조금은 더 좋은 편집자로 만들어 줄 거라
믿는다. ●본문에서

땅콩문고:
땅콩은 씨앗이자 열매입니다

재생종이로 만든 책

값 10,000원
ISBN 979·11·89683·81·8
ISBN 979·11·85152·36·3 (세트)

uupress.co.kr